—————— 阅读之前 没有真相

午夜文库

樱花盛放

（日）辻村深月 著
吕灵芝 译

新 星 出 版 社　NEW STAR PRESS

目 录

1	约定之地,约定之时
53	樱花盛放
147	世间最美的宝石

约定之地,约定之时

九月的转校生

"今天要给大家介绍一位转校生。"

班主任星野老师说完,便向全班介绍了菊池悠。除了我以外,班上所有人都很好奇地盯着那家伙的脸。

暑假结束,进入第二学期,依旧闷热的若美谷初中二年级三班教室。

那个戴眼镜的小矮子原本战战兢兢地躲在老师身后,被叫到名字就向前走了一步,背对黑板站定。

"我叫菊池悠,请多关照。"

他的声音细若蚊鸣。占去半张脸的难看眼镜随着鞠躬的惯性猛地往下出溜,又被一双慌慌张张的手推了回去。

"你就坐武宫旁边吧。武宫,你关照一下新同学。"

"好。"

听到老师的话,我不情愿地点了一下头。

我旁边那块临窗的空位上,不知何时多出了一套新桌椅。在老师的吩咐下,悠走到那个座位坐下了。我瞥了他一眼,只见他一直盯着地板，浑身散发着尴尬的气息，仿佛在努力不往我这边看。

到了休息时间，好几个人围住我旁边的座位，开始对悠问东问西。你原来是哪个学校的？参加过什么社团？

"你有什么不明白的尽管问我哦。"班长高桥说。

我在他们的说话声中站起来走向厕所。因为我对转校生毫无兴趣，自己也不是那种故意卖弄亲切的性格。就算他坐我旁边，问候的事也完全可以让别人来做。更何况那家伙看起来特别老实，个子小、皮肤白，说白了就是个认真死板的好学生，跟我不是一类人，绝对聊不到一块儿去。那家伙肯定会跟班长高桥那一类人关系更好吧。

我是这么想的。但那天放学后，我正忙着训练时，被美晴叫住了。

"朋彦，来一下好吗？"

砂原美晴是女子田径部的部长，也是我们班的班委。她跟我从幼儿园起就是同学，班级和社团也都在一起，所以算是老熟人了。因为她为人稳重，责任感又强，上学期暑假前，三年级前辈集体引退后，女子田径部全体一致决定由美晴继任部长。不过老实说，我拿这家伙有点没办法。不知道是因为言谈爽快，还是目光有种莫名的锐利感，总之，她给我一种酷女孩的感觉。

我忙着系鞋带，头也不抬地说："干什么？"

"那个新来的菊池君，他就坐你旁边，你要跟他搞好关系哦。他以前用的教科书可能跟我们不一样，到时候你要借给他看。"

我为什么要被这家伙提醒做这种事啊。带着这样的想法，我随口哼了一声，可能这么一来就暴露了我对此毫无兴趣，美晴的脸一下子黑了。

"菊池君刚来到新学校，心里一定挺不安的。"

"知道啦。"

说完我就跑了起来。田径部的老师不在，我们自主训练的时候，就可以到学校后山去跑。我与男子部的部长长谷川擦肩而过，顺便说了一声："我到后山去。"

"啊？喂，朋彦！不是说了今天练接力吗？离新人战只剩下三个月了啊。"

"马上就回来。"

新人战在十二月初，我报了一百米和四乘一百米接力两个项目。我喜欢跑步，被选入参赛队伍也很高兴，只是接力练习必须跟别人共同进行，这让我觉得有点烦。暑假期间的训练，我就比队里约定的时间稍微晚到了一点，结果不但被长谷川和男子部的其他队员臭骂一顿，连与此毫无关系的美晴也生气了。当时我沉迷于新出的游戏《魔龙宝冠2》，完全忘了训练时间。

"你要珍惜朋友啊。不遵守约定真是太讨厌了。"

想到当时美晴对我说的话，我还是有点烦躁。

刚进入后山范围，我就停下了脚步。因为我没想到会在这里看见美晴刚刚还在谈论的转校生菊池悠。那家伙孤身一人，弓着瘦削的身体，正快步往前走，手上还拿着一本书。

"喂。"

我忍不住叫了一声，因为那家伙正要从后山禁区的警戒绳底下钻过去。

很久以前，我们学校后山上曾有一座地方豪族的宅邸。那座宅邸的遗迹至今仍在发掘中，因此跑步用的步道虽然能走，遗迹那边却被列为禁区。眼下发掘工作暂停，没有人在上面作业，但为了随时能重启工程，那里到处都是坑洞和脚手架，走过去还是非常危险的。

被我这么一叫，悠猛地直起身子，似乎被吓了一跳。一瞬间，他手上的书也"咚"地落到了地上。悠转过头，惊讶地看着我。

"武宫君……"

"你在干什么呢？那边很危险。你刚转学过来，可能还不知道吧。那里不能过去。"

我一边解释一边走过去，就在这时……

我看清了落在悠脚下的那本书的封面，惊得屏住了呼吸。《魔龙宝冠9》。上面画着跟我目前沉迷的《魔龙宝冠2》很像的插图，标题艺术字的感觉也一样。只是——"9"？

"那个……"

悠也察觉到了我诧异的目光，脸上露出"糟糕"的表情。

"对不起，这什么都不是。"

他像今天在教室里那样垂着头不看我，拾起书抱进怀里，遮得严严实实。

"等等啊。"我赶紧叫住他,"刚才那不是《魔龙宝冠》吗?'9'是怎么回事?"

"这真的什么都不是。"

"怎么可能什么都不是!你就让我看一眼好吗?"

悠摇着头,紧紧护住那本书,脸色煞白。

"对不起,我不能给你。真的对不起。"

"可是——"

"对不起!"

悠向后退了一步,可能想转身逃走。然而没等他迈开步子,他的身体就开始剧烈颤抖。只见悠痛苦地捂着胸口,发出一声短促的呻吟。随后他身子一软蹲在地上,好像说不出话来了。原本护在怀里的那本书也因为震颤的双臂无力支撑,而缓缓滑落在地。

"喂,你没事吧?"

这回轮到我着急了。悠痛苦的样子看起来很不得了。去年我们班有个同学患有哮喘病,那家伙在上课时突然发作的样子跟现在的悠很像。我一屁股坐下来,双手放在悠的肩上,就在这时——

"怎么了?"背后传来一个声音,我猛地转过头去,发现是美晴。她看起来似乎很担心。

"我来叫朋彦回去参加接力训练——菊池君?你不舒服吗?"

"美晴,去叫老师来。到保健室去。"

悠碰了一下我放在他肩上的手。他的手很凉。"我没事。"他喘着粗气,无力地说,"经常……会这样。吃药就好了,药在,包里……"

"知道了。"

美晴迅速跑过来，打开悠背上的书包翻找。很快，她就拿出一个小盒子递到悠面前，悠点了点头，用颤抖的手接过美晴递给他的胶囊，塞到嘴里咽了下去。

我和美晴紧张地看着他，几乎忘记了呼吸。没过多久，悠脸上恢复了一些血色，他平静地做了个深呼吸，看向我们。

"对不起，给你们添麻烦了。"

"这哪算是添麻烦。菊池君，你得的什么病？"

"嗯，这个……"

悠好像不太想谈论这个，只是草草地点了一下头，对我们说了句："真的谢谢你们。那么，明天见。"

说完他就沿着与学校方向相反的散步道离开了。悠始终没有告诉我，他到后山是来干什么的。

于是我们也满脑子疑惑地准备离开后山，然而美晴突然叫了一声。

"菊池君把这个落下了。"

我闻声回过头去，心里"咯噔"了一下。那是封面写着《魔龙宝冠9》的书。我赶紧把它捡了起来。美晴是女孩子，看上去对游戏也不太感兴趣，一定不明白这本书的价值——以及它为何不该出现在这里。

"我还给他吧。"

说完，我把书塞进运动服里，夹在腋下藏了起来。

未来的游戏

桌上这本《魔龙宝冠9》已经被我读了无数遍。悠对这本书如此遮遮掩掩，我自然不想贸然翻开它，只是到最后还是输给了好奇心。

这是一本游戏攻略集，上面的图片比我现在玩的"2"要高级得多。而且主机好像也不是现在的游戏机种。光从照片上看，就能看出游戏画面比现在的更加逼真鲜亮，仿佛一伸手就能摸到实物。不仅如此，连系统都十分新颖，各种设定令人眼花缭乱、应接不暇。

菊池悠怎么会有如此厉害的书呢？

我还上网查了一下，《魔龙宝冠》的最新版果然是"2"，根本找不到关于"9"的信息。我又翻到书本的最后一页，漫不经心地看了一眼发行公司地址和发行时间，结果让我大吃一惊。

发行时间那里——竟然印着一百年后的日期。

我赶紧看了一眼挂在自己房间里的挂历。绝对没错，无论怎么看，那都是一百年后的日期。我心想，这怎么可能？然而面对封面上"魔龙宝冠9"的字样,以及里面那些令人难以想象的精美画面,我实在是说不出话来。

第二天我来到学校,决定找悠谈谈这件事。那本书到底是怎么回事,为什么会在他手上。我实在有太多疑问了。但最让我好奇的,还是《魔龙宝冠9》这款游戏。

我很早便来到教室,发现悠已经坐在里面了。我把书包放到座位上,还没来得及开口,悠先对我说话了。

"早上好,武宫君。那个,关于昨天的事……"

"你身体没问题了吧?"

"啊,嗯。谢谢你了。"

他说起话来还是这么战战兢兢的。"那个,其实……"悠继续道,"我昨天弄丢了一本书,你看见了吗?今天我发现书丢了就跑回去找,结果没找到。"

"在我这里。"

悠突然抿紧了嘴唇,一动不动地凝视我的眼睛。

"能还给我吗?"他的声音如同蚊子叫,"我需要那本书。"

"书可以还给你,但我还有很多问题要问你。"

悠点了一下头,同时露出认命的表情,仿佛在说"我也猜到了"。

"放学后你能到昨天后山的那个地方去吗?我们在那里说。"

"知道了。"

等不及要去找悠的我,用一句"有急事"翘掉了训练后的打扫,匆匆忙忙走向后山。悠已经在那里了,见到我出现,他指了指警戒绳的另一头。

"我不想让任何人听到我们谈话,能到那一头去吗?"

"好吧。"

这条路我训练时跑过无数次,但还是头一次到警戒绳的另一端去。到一个平时没人会去的地方,这让我忍不住有点兴奋。我们钻过绳子往里走,很快就看见了石砌的建筑遗迹,接着我们找到了一个比较像房子的地方,坐了下来。

我从书包里拿出《魔龙宝冠9》的攻略书还给悠,他似乎松了一口气,说句"谢谢"便接了过去。

"这个到底是什么?我不小心看到了日期,那是一百年以后吧?"

"嗯。"

悠略显犹豫地扭了扭头,过了一会儿,又带着坚定的表情抬起脸。

"既然答应你了,我就不会隐瞒。武宫君,你相信穿越吗?"

"啥?"

"穿越。"

我盯着悠的脸。他的表情一本正经、不躲不闪,看起来既不像说谎,也不像在开玩笑。穿越?我在心中重复这个词。穿越,难道是那个?经常在科幻电影和《哆啦A梦》里看到的……此时悠又说了下去。

"我来自未来。不过我说的未来,是指武宫君所在的这个时代的未来。"

"啊。"

我脑中又浮现出"未来人"这个词。一群跟我们穿着不一样的衣服,拥有不同文化的人。可是与我常在电影和漫画中看到的那种人相比,悠没有一丝奇怪的地方。他看上去跟我一样,是个普通的中二少年。只见悠推了推酒瓶底眼镜,又说了起来。

"未来正在流行一种这个时代没有的新型疾病,而我就得了那种病。昨天之所以会那样,也是因为发病了。"

说到这里,他很勉强地笑了笑。

"为了治疗这种病,我来到了空气尚未被污染的这个时代。从现在算起,百年以后的地球环境会急剧恶化,像这样的森林,到我那个时代几乎消失殆尽了。"

悠抬头看着后山上的树木,像是看到眩光一样眯起了眼睛。

"在我们的时代,有很多人得了跟我一样的病,可是没有人知道病因,也没有人知道这个病是什么时候出现的。不过有人说是新型霉菌引发的哮喘——总之,也是为了探明原因,我被送到了这种病尚未出现的一百年前,也就是这个时代,进行疗养。"

"真的?"

"嗯。如果你实在无法相信也没办法,要是你能相信我,我会很高兴的。"

悠的声音听起来格外认真。

"不过啊,你那个病不能到未来去治吗?如果到你的未来去,那种病说不定已经能治好了呀。"

我听说以前的很多不治之症在现代就可以治愈了。可是,悠听了我的话,却遗憾地摇了摇头。

"我们那个时代开发出来的穿越科技只能回到过去,无法前往未来。通往未来的时间轴对我们来说就停止在'现在'。从过去回到'现在'就已经是极限了。"

"唔……"

我听到"时间轴"这个词,决定不再问下去了。老实说,我向来不怎么擅长讨论如此复杂的话题,突然对我说穿越什么的,我真的反应不过来。尽管我觉得这种事根本不可能发生,但在江户时代的人看来,我们身边习以为常的汽车、飞机和电视也都显得莫名其妙,他们肯定也想不到未来会出现这些东西吧。想到这里我又觉得,未来就算能够实现穿越,也毫不奇怪了。

"那个穿越,你现在也能做到吗?比如带着我到某个时代去。"

悠闻言愣住了。他犹犹豫豫地沉默了好一会儿,才斩钉截铁地说:"可以,但是不行。"

"为了保证能随时回到未来,我身上一直带着穿越用的工具。虽然我能用它穿越时空,但也不能乱来。尤其不能在这个时代的人面前使用那个工具。因为这在我的时代属于重罪。一旦使用,我的疗养就要被迫中止,不得不回到未来去了。"

"穿越用的工具？你是说时光机吗？"

此时悠才头一次露出放松的表情，笑着点了一下头。"嗯。我不但不能用，其实也不能跟你说这件事。在我的时代，让'过去'的人看到'未来'的东西是种禁忌。所以，我希望你千万不要说出去。"

"好啊。"

我干脆地答应下来，这似乎让悠感到惊讶。只见他瞪大眼睛，凝视着我。

"作为交换，《魔龙宝冠9》这个游戏，你带来了吗？"

"啊，我从未来带过来了。老实说，这么做也不太好。"悠不好意思地挠着头说，"可是我刚玩到一半，实在太想接着玩了，就偷偷带了过来。那边的医生对我说，要尽量到绿化多的地方去，所以我昨天就把游戏带到后山来，打算边看书边悄悄玩。"

"只要你让我玩游戏，我就不把你的秘密说出去。"

悠的话究竟是不是真的？老实说，我还不完全相信这家伙是未来人的说法。不过这本书绝对是真的，因为仅凭悠一个人不可能伪造出来。既然游戏真的存在，那我倒想玩上一玩。搞不好事情真相其实是，悠的父亲就在制作《魔龙宝冠》的游戏公司工作呢。

我提出条件时口气漫不经心的，没想到悠听了我的话很高兴地笑了起来，还用真诚得吓我一跳的声音说："谢谢你！谢谢你！我来上学果然是对的。"

"啊？"

"来之前爸爸和医生都对我说，到这个时代来只是为了治病，上不上学都无所谓。可我现在觉得，来上学果然是对的。"

"啊？上学有什么好的。要是没人要求我上学，我肯定每天都在家休息。"

"我想交朋友。"

说着，悠的脸一直红到了耳朵根。

"我在自己的时代经常发病，很少到学校去。不过在这个时代就不需要担心了。上学一直是我的梦想。啊，不过如果像昨天那样突然激动，好像还是会发病的，所以今后我得注意一点。"

我实在不知该说什么好，便选择了沉默。过了一会儿，我站起来说："我们走吧。"可还没迈开腿，就被悠叫住了。

"那个……"

"你可以叫我朋彦。我也叫你悠好了。"

我见悠愣住了，慌忙补充道："社团的人和几个朋友都这样叫我。"

悠再次笑着点了点头。

"谢谢！那我们走吧，朋彦。"他叫了我的名字。

不同类的朋友

据说悠拿来的游戏机是未来最新款，反正是我从来没见过的设计。那东西比我现在的游戏机要小，不过基本按键和操作方法几乎没有变化，因此我很快就习惯了。我跟悠说好只能在后山的遗迹区玩他的游戏，只有这样他才答应让我玩。

"等会儿打完游戏，我们把它藏在这里吧？"我指着遗迹里的一块大石头说。

悠则说："把游戏机给我。"然后从我手上拿过游戏机和游戏卡，转身蹲在岩石阴影里摸索了一会儿。等他再次转回来时，手上已经空空如也了。

"啊？游戏呢？"

"在这里。"

悠拿出一张卡片，瞬时凭空现出了游戏机和攻略书。我惊叫出声。

"这是透明罩，相当于未来的保险柜。它能把需要隐藏的东西与周围的景色同化。如果不使用卡片，其他人既无法取出，也无法看到。在我们那个时代，每个人都用这个东西，不过这个时代应该还没开发出来吧？"

"太厉害了。"

我伸手想去碰透明罩，却没有任何触感。这到底是怎么回事，我实在想不明白。我对悠是未来人这件事还半信半疑，尽管不能完全相信，但眼前的东西确实无法用现在的科学来解释。

为防止被别人发现，我们把游戏卡上的"魔龙宝冠9"的标签给撕了，又用马克笔将攻略书封面的"9"涂黑。

"可是，过了整整一百年，魔龙宝冠才出到'9'吗？'1'到'2'只隔了两年，我觉得应该出更多才对呀。"

"从'8'开始就一直没更新，过了好几十年才总算出了'9'。我们那个时代早就没有'1'和'2'了，所以我反倒更羡慕你呢。"

我忙着打游戏，悠在旁边翻开了教科书。今天老师没留作业，我刚才听他说要预习和复习时还吃了一惊呢。我可从来不在没作业的日子学习。

"明天我把'2'带给你吧。"我说。

"真的？！"

悠的表情一下亮了。

第二天，我把游戏借给了他，他高兴得都有点夸张了。

"谢谢你。这对我来说可是传说中的游戏啊。我太高兴了。"

"你明明拿着最新出的'9'啊,真是个怪人。"

我也笑了。让别人高兴还真不是件坏事。

可能是看到我们俩突然变得如此亲密,同学们都觉得有些奇怪,过了一段时间,我听见班长高桥跟悠谈话了。

"菊池君跟武宫君关系这么好,真让人感到意外呢。你们到底在玩什么?能告诉我吗?"

"游戏之类的。"

"真的?我也喜欢游戏。你有什么新游戏吗?下次我们换着玩吧。"

"啊,嗯。"悠略显为难地小声应着。

听到他们的交谈,我感到很得意。能借到《魔龙宝冠9》的人,一定只有我。

悠转到我们学校的第二个月,十一月。

下个月就是新人战,社团里的气氛越来越紧张。有一天,长谷川叫我训练结束后留下来。今天悠也在后山等我,所以老实说,我恨不得马上去跟他碰头。然而长谷川的表情比平时要严肃得多,我心里有点奇怪,便留了下来。

"你最近不太合群啊。"

他没头没脑地说了一句。

"总是不参加接力训练,事后收拾也扔给我们和一年级的,自己先跑了。怎么感觉你变成那种只要有成绩,别的都不管的人了?"

"那个……"

我欲言又止。过去虽然也有人委婉地提醒过我，可除了美晴以外，还没有人会这么开门见山地对我说这种话。我可从来没有"只要有成绩别的都不管"这样的想法，听到有人认为我心里这么想，我非常吃惊。

"还有……"长谷川有些为难地继续道，"我听三班的人说，你最近经常跟那个不起眼的转校生在一起？你以前可不是这种人啊。"

"这跟悠没关系吧。"

听到"不起眼"这个词，我心里一惊。一开始我确实是这么想的，觉得悠太不起眼，跟我不是一类人。但我现在可不想听别人多嘴多舌。

"总而言之，拜托你认真点。你真的有点松懈了。"

我头一回听到长谷川的声音如此冷漠。

那天我刚到后山，悠就察觉到了我的异样。他问了一句"怎么了"？我便忍不住说："干脆我退出社团好了。"悠一脸吃惊地看着我。

"别退出啊，田径部多酷。"

"是吗……"

"班上的同学们都说朋彦跑得特别快。我平时都不能做运动，不能跑步或者过度劳累，所以很羡慕你呢。"

"别说这种不负责任的话啊。那么，你不打算参加社团吗？不要什么事都用身体啊生病啊来当借口。如果是在你的时代也就算了，在这个时代，你不是很少发病嘛。"

悠自从转校以来体育课就一直旁观，从未出席过。因为他连一些不太需要运动身体的集体行动和体操课都请假，班上好像已经有好几个人对他心怀不满了。每天放学后，他都是一个人跑到后山去，一边学习一边等我训练结束。我可以想象他为了疗养身体，放学后必须到树木多的地方待着，所以才无法参加社团活动。更何况我还亲眼看到过悠发病时痛苦的样子。只是现在，我实在忍不住了，脱口说出："都是因为你这样，连我都被说闲话了。"

"对不起。"

悠很抱歉。他如此诚恳，反倒让我说不出话来了。我一言不发地接通游戏机电源，却听到悠略显踌躇地说："下次我问问那边的医生，看能不能做点运动。还有社团活动……"

我的身体非常健康，心里也清楚自己可能一点都理解不了悠的辛苦。然而他干什么都要先问过大人，这让现在的我感到格外焦躁。

"我今天能把这个带回家吗？"我指着《魔龙宝冠9》说。

本来我们约好了只能在后山的这个秘密地点玩未来游戏的，不过悠稍微犹豫了一会儿，可能是因为这个话题让他终于松了一口气，只听他小声回了一句："好啊。"

第二天训练结束，我正在换衣服时，却发现借来的《魔龙宝冠

9》不见了。我明明把它放在书包里的,现在却不见了。

我感到背后滑过一道冷汗,慌忙把包里的东西全都翻了出来。还是没有。因为担心游戏机碰到什么东西上的电源,我还专门把游戏卡拔下来,分开放。可现在笔袋里的游戏机还在,卡却不见了。

"朋彦,怎么了?"

站在隔壁柜子前换衣服的长谷川问了一声。我猛地挺直身子,摇了摇头。

"没什么……你看到一个像游戏卡的东西没?一种很少见的游戏卡。"

这个解释实在太蹩脚了。《魔龙宝冠9》的标签已经被撕掉了,就算被别人看到,也不会马上闹出大事来。不过——

"你把游戏带到学校来了?让老师发现怎么办!"

"没发现不就没事了。"

我大声说完,就背起书包离开了社团室。我该怎么对悠说呢……

结果那天我跟悠说的是"我把游戏忘在家里了"。悠对我说"没关系",可说谎这个事实却让我心里越来越憋闷。如果有谁捡到那张游戏卡并引发问题,悠的疗养就要因为我而被迫中止了。我依旧拿不准自己有多相信他所说的未来那一套,但我还是明白,那对悠来说非常重要。

第二天早上训练结束后,我正准备走进教室,却发现美晴站在走廊上等我。她走过来,递给我一个小纸袋。

"给你。"

我打开一看,吓了一跳。那里面就是我到处在找的《魔龙宝冠9》。

"昨天我在后山上捡到的。朋彦找的就是这个吧?这次姑且放过你,下次别把这种东西带到学校来了。"

"你怎么知道我在找东西?"

"是我跟长谷川君一起去找的。他昨天一个人留下来帮你找,我正好路过,就去帮忙了。"

我又吃了一惊,同时倒抽了一口气。刚才长谷川还跟我一起训练,可他什么都没说啊。

"因为我跟你同班,他就叫我还给你了。"

美晴说完转身走进了教室。我没抓住感谢的时机,只得呆立在原地。过了一会儿我也走进教室,对旁边的悠说了声"早上好"。

"从今天开始,我能晚点再到后山去吗?快到新人战了,我想多花点时间训练。"

悠好像有点吃惊,但很快又露出了平时的笑容。

"当然。你要加油哦。"

接力赛跑

进入十二月,很快就迎来了新人战。当天早上,我站在县立竞技场,感到冬天寒冷的空气渐渐渗透心胸。有很多人在抱怨太冷了,然而我更喜欢冬天跑步。冷冽的空气划过膝盖和小腿,我就能感到自己在战斗。

"终于到时候了。"长谷川站在我旁边说。

"是啊。"我应了一声。比赛这天,我的紧张却突然一股脑都涌了出来。虽然问这种问题有点为时已晚,我还是想确认一下。

"让我当最后一棒真的没问题吗?"

"都跟你说了,大家从一开始就认定只有朋彦能当最后一棒。虽然这让我很不甘心,但你确实比我快啊。"长谷川苦笑着说,"所以啊,我才希望你能好好参加社团训练。谢谢你了,明明不是你值班,也一直负责训前准备和训后打扫。我觉得队友看到你这样子,社团的心都齐了不少。"

"没什么,我原来也是实在不够认真的。"

"嗯,所以才会让我这个跑得没你快的人当了部长。不过队员们更敬仰我啊。"

"这种话一般不会自己说吧？"

我一边笑话他，一边在心里感激不已。长谷川说得没错，他确实帮了我不少忙。先结束热身的女队员聚集在美晴周围，正在喊口号鼓劲儿。口号结束后，一圈人纷纷散开，美晴马上朝我们走了过来。

"菊池君来给你加油了。"

"啊，真的？"

"嗯，你看那里。"

没有参加社团活动的学生按规定应该在新人战这天留在学校自习。我根本没听悠提起过这事，便惊讶地朝美晴指的方向看了过去。只见体育场正中央的座位上，确实坐着个把帽子压得很低的人。我仔细一看，真的是悠。

那家伙逃学了吗？

惊讶之余，我又感到有些好笑。因为我一直以为那家伙是个什么都听大人话的好孩子。

站在旁边的长谷川有点尴尬地说了一句："那啥，真对不起。我听说那个转校生身体很差，不能参加体育活动。上回说他是'不起眼的家伙'，真是对不起。"

"悠不会在意这些的。"

我嘴上虽然这么说，心里其实也"咯噔"了一下。因为我也对他说过这种话。"不要什么事都用身体啊生病啊来当借口。"……现在长谷川已经道歉了，我还没向悠道歉呢。

预赛结束，一百米跟四乘一百接力都顺利进入了决赛。接力决赛要等其他项目全部结束后才进行。

一百米决赛，我获得了全市第四名的成绩。这虽然是我自己的最新纪录，但没能拿到前三还是有些遗憾。看到比赛结果，顾问老师和队友们都高兴地说"太厉害了"，我自己的心情却有点复杂。因为我今年比去年要认真得多，本以为能跑出更好的成绩的。这也使得我在接力决赛前更加紧张了。

让我负责最后一棒，证明大家对我是有所期待的，然而我的实力当真能回应他们的期待吗？我们学校的人，包括没被选为接力选手的队员们，肯定都觉得我们在四乘一百这个项目上能拿名次。

接力决赛终于开始了。

我站在距离四百米终点还有一百米的位置，一边做深呼吸一边转动脚踝。第三棒是长谷川，我将从他手上拿过接力棒。

"预备，跑！"

号令声响起，第一棒冲了出去。情况不坏，我们学校排在第三位，并死死咬住前两名。第二棒也完美地保持了节奏，接力棒一转眼便传到了长谷川手上。

我拍着手竭力嘶吼："太棒了！"同时感到嗓子眼干燥而紧绷。马上就到我了。

长谷川握紧接力棒，冲刺。他接棒的动作和起跑冲刺都很干净利落。长谷川如行云流水般一头冲出前三名集团，我听到队员们发出振奋的欢呼。

第一名！

然而就在此时，在保持稳定节奏向前冲刺的长谷川身边，此前一直保持在第一名的选手焦急地向前探出了身体。他可能想加速，可是那个举动使他整个人失去平衡，竟侧身倒向了长谷川脚边。

我瞪大了眼睛，一时无法理解眼前的光景。

那家伙摔倒的同时，长谷川的身体也歪向一边。他脸上浮现出难以置信的表情，险些就要偏离跑道了。我发出惨叫般的嘶吼。

"长谷川！"

别的选手一个接一个从摔倒的选手和踉跄的长谷川旁边冲了过去。我看向队友们，他们都一言不发，女队的人都捂住了嘴，死死盯着这边。

我突然想到悠。坐在观众席上的悠，能够穿越时空的悠。

让时间倒流吧，我不由自主地祈祷。回到长谷川失去平衡的前一刻。回到那家伙作为部长拼命做出的努力全都白费的前一刻。我还没来得及寻找悠的身影，长谷川就跑了过来。他歪斜着身体，仿佛下一刻就要跌倒在地。

我看到他的脸，瞬间明白了他并未放弃。他咬紧牙关，拼命摆动双腿，向我猛冲过来。他与领跑集团并未拉开太大差距，但在我眼中却是离胜利无限遥远的距离。能否在最后挽回败局，我实在难以断言。

可是，长谷川正以凶猛的势头重新振作。我感受到了他的决心。那家伙把一切都赌在我身上了。

我做好了准备。现在谁也靠不了，只能靠我自己了。

"朋彦！"

把接力棒交给我时，长谷川的脸痛苦地扭曲着，像是要哭出来了。

"抱歉，拜托了！"

我没有时间回答，只是无言地点一下头，拿起接力棒冲了出去。这是我参加过的所有接力赛中，状态最好的一次。

那个周遭声音突然消失的瞬间到来了。

我紧盯着前面那名选手的后背，埋头向前冲刺。并未刻意调节体态，身体却自行获得了平衡，自由而轻盈地运动着。我脑子里只有奔跑。迎着风，仿佛背后多出了一股看不见的力量，在推动着我。我听到了胸口悸动的声音。

为什么只有一百米。我还能跑得更远、更远。长谷川拼尽全力的样子，队员们竭力嘶吼的样子，全都在我脑中化作没有声音的画面流过。

我一头冲进领跑集团，好不容易超过了一个人。这已经是我殊死拼搏的极限了。就在此时，我听到了声音。

"朋彦，加油！"

像是美晴的声音，也像是长谷川的声音，又像是其他队员和老师的声音。不过一想到那有可能是观众席上悠的声音，我便猛然发现了奔跑的愉悦。同时意识到，不能自由奔跑的悠承受着多大的痛苦和煎熬。

眼前只剩下一个人的背影。声音又回到脑中。我咬紧牙关,与那个背影并肩。奔跑的步伐加大。

胸口撞上终点线的瞬间,周遭一直隐匿的声音突然涌了进来。我听到疯狂的欢呼声。冲过终点后身体依旧随着惯性跑了好几米才总算停了下来。膝盖脱力,脑子里有一阵剧痛袭来。

"朋彦!"

美晴和长谷川跑了过来。两人都满脸通红,似乎在拼命忍住眼泪。队员们把我团团围住,胡乱揉我的头发,抱住我的肩膀,过了好一会儿,我才意识到我们得了冠军,同时死死抱住肩膀的手也慢慢松开了。

"你跑最后一棒时的速度已经超过刚才的百米成绩了。"美晴上气不接下气地对我说。

"朋彦刚才跑得比那个百米冠军还快。要是头一场比赛能跑出那个成绩,单人赛的冠军就是朋彦了。"

"太好了。"我大口喘着粗气回应。

可是,刚才接力赛的速度,仅靠我自己是绝对跑不出来的。正是因为拿到了长谷川递来的接力棒,我才能拥有那个状态。

"干得好,朋彦。"

长谷川不仅脸红,连双眼都红通通的。他还很反常地说了"谢谢",倒是让我有点尴尬了。

"应该是我谢谢你。"我回答道。

我抬头在观众席上寻找悠的身影，发现他站着看着这边，于是我抬起了手。他可能没想到自己被发现了，脸上露出惊讶的表情。但很快，他也学我抬起了手。

　　"祝贺你。"我看到他这么对我说。

全息影像信息

"你太棒了，朋彦。"

训练结束后，我们像平常一样到后山去打游戏，顺便聊起了新人战的话题。

他这么一说让我有点害羞，不知该如何回答。我想转移话题，又恰好想起一件事，便转头对他说。

"那场接力赛，长谷川摔倒时，我突然想让时间倒流。当时心里在想，能不能让悠把时间倒回去呢。"

尽管那只是情急之下冒出来的想法，我还是有点内疚，便对悠道了歉。

"可一旦做了那种事，你就不得不回到未来了吧。所以我也在反省，不该有那种自私的想法。"

悠瞪大眼睛，摇了摇头。

"没关系。不过朋彦竟然会特意道歉，倒是让我有点惊讶。"

悠抱着胳膊，有点不好意思地继续道："而且我能做的穿越规矩很严格，不管怎么说，在当时那个时间点把长谷川君恢复原状是办不到的。"

"什么意思?"

"能穿越时空的只有我自己的身体,加上穿越时身上穿的衣服和提的行李。老实说,那个游戏和制造透明罩的卡片都是我偷偷装进口袋里,才从未来带过来的。"

他指着我手中的《魔龙宝冠9》。

"穿越分为时间移动能力和空间移动能力两个种类,可是时光机只能搭载我一个人。当时就算我能穿越,也只能回到当天早上,对长谷川君警告一声'你要小心'而已。不过那句话对当时的长谷川君来说毫无意义,所以他一定不会注意,更何况朋彦和长谷川君最后都凭借自己的实力跑出了成绩,很了不起啊。"

时间移动和空间移动。悠的话我基本上听懂了。而我在电视和漫画上看到的时光机,都能从现代日本突然跑到中世纪的欧洲那种地方去,算是同时穿越了时间和空间吧。

"那如果我把悠的时光机借过来用会怎么样?比如我穿越到了昨天或者明天,但在那个时间里,不是还有个昨天或者明天的我吗?"

比如说,能不能回到几个月前,提醒我"好好训练""别把《魔龙宝冠9》弄丢了"之类的呢?悠听了我的问题,摇了摇头。

"这种情况下,那个时间点的朋彦就会消失。"

"消失?"

"嗯,穿越的朋彦与那个时间点的朋彦交换了。过去或者未来的朋彦会消失,而穿越过去的朋彦成了真正唯一的朋彦。"

"哦。"

我应该不会真的穿越,也没有那个必要。尽管如此,听悠讲这些事情还是很有意思。"对了……"悠抬起头,指着遗迹角落里那棵高大的树说,"如果我突然要回未来,你就在那棵树底下挖挖看。虽然我觉得不用担心,不过一旦让人知道我对朋彦说了这些,我的疗养可能就会中断了。"

他脸上带着笑容,但我能听出悠是努力让自己显得满不在乎。我慌忙大声说:"别说这种不吉利的话呀。我没把你的秘密告诉任何人,以后也绝对不会说。所以不会有事的。"

"嗯。"

悠带着又想哭又想笑的表情,安静地点了一下头。

寒假,我到悠家里去玩了。是他主动提出我们一块儿打游戏写作业的。

"原来未来人在这里也有房子啊。"

"嗯,因为还有跟我一样到这里来疗养的人。你尽量保持安静,悄悄进去。"

那座建筑物看起来像座公寓,又大又新,里面很安静,墙壁和入口的自动门都给人一种冷漠的印象。悠熟练地将钥匙插进锁里,把门打开,他的背影在大楼的映衬下显得瘦小而陌生。

悠的家看上去就像医院里的病房,到处都是肃杀的白色。站在这里，我头一次想到了悠的家人。房间里放着床和桌子，旁边连着浴室和厨房，这就是整个生活区域了。睡觉的地方只容得下悠一个人，也没有全家人一起吃饭的餐桌。

"悠的爸爸妈妈呢？"

"在那边。"

我马上理解了悠所说的"那边"是指未来。悠看起来漫不经心，声音却显得有些寂寥，这应该不是我的错觉。

"也没什么。"悠继续道，"厨房里有一台微波炉，想吃什么只要放张卡片进去就能做出来，爸爸妈妈还经常给我发全息影像信息。"

"全息影像信息？"

"就是这个。"

悠从书桌上抓起一个迷你手电筒一样的圆筒。他按了一下侧面开关，一道奶油色的光就冒了出来。光里出现了一个长着胡子、面容严肃的男人，和一个表情温和的女人，这两个人竟然开口说话了。

"悠，你还好吗？爸爸妈妈——"

"我们可以用这个来互相发送信息。我也能给爸妈的全息影像机发信息。往未来打电话很贵，所以我很少用，但这个就便宜多了，而且还能看到脸。"

"是嘛。"

悠关掉了圆筒开关。影像随之消失，悠父母的脸如同白雾一般消散在光芒中。

"要吃点什么吗?"悠说着,把微波炉用的食品卡拿出来让我选。机器做出来的炒饭里有爽口弹牙的大虾仁,饭粒油光锃亮,好吃得停不下来。

不能直接对话,只能通过影像交流,悠和家人以这样的方式联系究竟要持续到什么时候呢?这个白色的房间,浮在虚空中的立体影像。悠所说的未来,或许真的——真的存在。而且悠还跟家人分开了。

"你的病用未来技术也治不了吗?长大了也不会好?[①]"

"嗯,小时候医生就对我说,这病会跟随我一辈子,让我做好思想准备。而且特效药可能还得花上一百年才能研制出来。"

"一百年!"我忍不住叫了出来。

悠本身就来自一百年后,而那个特效药还要再花上一百年,我光是想象这么长的时间,就觉得脑子不够用了。

"那如果现在开始研究,到你那个时代能不能研制出来呢?或者为了防止那种疾病出现,我们从现在开始就特别关爱环境。"

"不知道呢。如果那样能管用,我当然很高兴,可那样一来,我就不会来到这个时代了,那也有点遗憾呢。"

"为什么?你现在不是跟家人分开,孤零零一个人住在这种地方吗?"听了我惊讶的提问,悠不好意思地笑了笑。

[①] 普通儿童哮喘如果注意治疗保护,长大后可能自愈,故有此说。

"如果我没到这里来,就不会认识朋彦这个朋友了。这会让我感到有点遗憾。"

我无言以对,心里却突然痒痒的,忍不住想把脸别开。然而我又想了想,深吸一口气,这样说道:"在你的时代到来之前,我会努力的。"

"嗯?"

"我不知道自己能做些什么,但一定会拼命思考该怎么治好你的病。我保证。对不起,可能因为我们在这个时代为所欲为,才让你得了那种病。"

悠露出茫然的表情。过了一会儿,他发现我并没有发笑,也没有躲开他的目光,表情就突然柔和下来。

"谢谢。"悠说道,"你这样说我太高兴了。我会在未来等你的。"

"下次到我家来吧。"我对他说,"我妈妈做的炒饭啊,虽然饭粒有时会粘成一团,里面也没有大虾仁,只有头天吃剩下的鱼糕卷什么的。不过量非常多,酱油的香味也特别好闻。"

"真的可以吗?"悠的笑容愈发灿烂了。

新年这天,悠第一次到我家来玩,把妈妈吓了一跳。因为我还是头一次带这种会在门口把鞋摆得整整齐齐,大声说"打扰了",而且走进家里第一件事便是翻开作业本的朋友回家。

"悠君真是个好孩子啊,我家朋彦今后也要拜托你关照了。"

听了妈妈的话,悠用力地点了一下头,说:"我也要请阿姨和朋彦多多关照!"

寒假结束,第三学期开始不久后的一天。

我们像往常一样把书和游戏藏在透明罩里,准备钻过后山的警戒绳离开,却听到后面传来一声:"等等。"我们大吃一惊,战战兢兢地回过头去,发现美晴站在那里。

"美晴。"

"你们两个到遗迹去干什么?我前段时间就注意到了,不是说那里很危险吗?"

"我们也就今天进去过一次。"

"骗人。"

美晴的眉间挤出明显的纹路,摇了摇头。

"朋彦,还有菊池君,你们都别自欺欺人了,好吗?等有人受伤或者遇到危险,那就太迟了。"

被她直直地注视着,我跟悠都不敢说话了。美晴转过身,快步朝学校走去。等她的身影消失后,我们两人才面面相觑。

"那家伙什么意思啊。"

"她在担心我们啊。"悠说,"美晴该不会喜欢朋彦吧?"

"啊?什么啊,那家伙担心的肯定是悠,不是吗?她是怕我把你带坏。"

"真的吗……她可是一个人跑过来直接提醒我们呀,她完全可以去告诉老师。再说了，女孩子一般都喜欢几个人一起行动。而她却谁也没告诉，一个人跑来了。"

悠的话竟意外地有说服力。没错，美晴确实是那种即便只有自己一个人也要贯彻心中的正义的性格。

不过，第二天又发生了这样的事。

"武宫，菊池，你们到教师办公室来一下。"星野老师说道。

我和悠沐浴在全班的视线中走出了教室，美晴也一脸惊讶地看着我们。

"听说你们最近经常出入后山的工地，这是真的吗？有学生看见你们钻过警戒绳了。这到底是怎么回事？"

"是谁说的？"

我忍不住问了一句，但星野老师只说："是谁都无所谓，这是不是真的？"

悠铁青着脸回答："我们下次不会了。"

可能是美晴，我烦躁地想。

随后，我们便带着沉重的心情离开了教师办公室。

后山的秘密

放学后,参加社团训练,我正拖着耙子整平场地时,看见美晴走了过来。

"老师找你们说什么了?"

"你去告状了吧?"

美晴惊讶地愣在原地,我正准备从她身边经过时被她叫住了。

"我什么都没……"

"这下看你怎么办!那里藏着很重要的东西,绝对不能让大人看到。那关系到悠的性命!"

我的语气非常冲,可我就是控制不住自己。美晴似乎受到了打击,呆站在那里,一动不动地看着我。但我并不打算继续说下去。

我和悠商量好,这段时间先不到后山去了。虽然游戏机和攻略书还在那里,但有了透明罩,应该不会轻易被人发现。只是要尽快去把东西拿回来才行。老实说,我今晚就想去拿,可是被老师提醒后,悠的脸色一直很不好。我担心他会发病,便决定把去后山拿东西的时间推到明天晚上。悠现在应该独自一人闷在那间煞风景的白色房间里吧。

当天训练时,无论怎么跑,我的心情都畅快不起来。好像连天空都染上了我心里的颜色,灰蒙蒙的,压在头顶。

第二天,训练到一半,下起雨来了。我慌忙收拾起用具,同时下意识地在往来操场的人影中寻找美晴。那天她有好几次想找我说话,都被我躲开了。

"美晴今天去参加班委会议了。"

突然听到长谷川的声音,把我吓了一跳。我回过头去,却被他问了一句:"你不是在找她吗?"这家伙的直觉有时候准得让人害怕。

我一边躲雨一边说:"没有。"

今天我打算跟悠一起回去,路上顺便商量怎么到后山去把游戏拿回来。走进教室,果然如长谷川所说,高桥和美晴的书包还留在他们座位上。

"今晚要下雨,去后山又得等明天了。"

走在回家的路上,我看着天空说道。虽然雨并不大,但考虑到悠的身体,尽管心里有点不痛快,我也毫无办法。

回到家,吃完晚饭,一个平时跟我不怎么熟的人打电话来了。从妈妈口中听到"是你们班长高桥君打来的"时,我吃了一惊。我们关系并不算好,他找我能有什么事?

"这是班级的紧急联络。因为事情很急,我正在跟老师分头打电话。"

"紧急联络？"

既然是老师跟班委分头打电话，那美晴一定也在联系班上的女孩子吧。我刚想到这里，高桥就说出了美晴的名字。

"砂原同学还没回家。你今天见过她没？"

"美晴吗？今天不是要开班委会议……"

"班委会议结束后，她就不见了。"

高桥的声音听起来很焦急。见我不说话，他又略显犹豫地开口了。

"其实今天我们开会讨论的是后山的事。这周开始后山的遗迹发掘工程会重启，鉴于天气原因，雨停之后才会正式开始。因为很危险，学生们必须比以往更注意不要靠近后山。现在好像还有个别学生会靠近遗迹那边，老师们便要求班委讨论如何更加贯彻禁止靠近的措施。"

我深吸一口气，屏住了呼吸。

高桥继续道："我们讨论了很久，结束时都快到关校门的时间了，散会后所有人都手忙脚乱地收拾东西回家，谁都想不起来砂原同学是什么时候不见的。"

"我知道了。我这边也会到美晴可能出现的地方找找——"

武宫君，高桥的声音又从听筒另一头传了过来。他的声音很小，仿佛随时都要哭出来。"实话说，讨论那么久都是因为我。是我上周对老师说，看见武宫君和菊池君跑到遗迹那边去了。因为这件事,我们班委会开到一半,老师特别提出了刚才我说的议题。"

"啊?"

高桥的话极具冲击性,他的声音让我猛然想起自己对美晴说的那些话——"你去告状了吧。"

"对不起。"高桥一开口,好像就停不下来了。

"还有,你的游戏……是我从你书包里拿走的。我见你们两个玩得很开心,实在太好奇了,就……我打算看一眼就放回去的。"

高桥的声音变得微弱而沙哑,好像终于哭出来了。我此时是真的吃了一惊。话说回来我一直非常奇怪,放在书包里的游戏卡怎么会落在后山了呢。

"对不起,武宫君。当时我很快就后悔了,可是等我要把游戏放回去时,武宫君已经去社团训练了。所以我才把游戏放在了你们经常去的后山上。"

"这事你跟别人说过吗?"

"没有。"

"那你以后也不要告诉任何人。这样就足够了。"

我的声音比自己想象中的还要冷静,这让我也吃了一惊。如果换成前段时间——还没与悠相识的九个月前的我,说不定会对高桥大发脾气。不过现在的我已经能够冷静地思考,高桥在电话那边究竟带着什么样的心情在向我道歉。过去的事无法改变,而且因为游戏卡的失而复得,我还学会了感激长谷川和美晴为我做的一切。

想到这里，我感到嗓子一热。对啊，美晴那回也去帮我找游戏卡了。

"高桥，谢谢你给我打电话。"

挂掉电话后，我马上拨通了悠的号码。那家伙很快接了电话，告诉我高桥已经跟他联系过了。就算不明说，他也知道我们该做什么。我们隔着电话线决定，要一起到后山去找人。虽然妈妈阻止过我，可一听到是为了美晴和悠，她便说了一句"你要小心"，随后把我放了出去。因为从小学起就认真懂事的美晴深受我妈妈的信任。

坚持自己心中的正义，即便孤身一人也要有所行动的美晴。

那家伙可能跑到后山去保护我们的"秘密"了，趁大人到达遗迹，重新展开发掘之前。

前往后山的途中，原本只是淅淅沥沥的小雨开始变大。我们为了让对方听见自己，不得不大喊着说话。在冬天冰冷的雨里赶路，让我很担心悠的身体，不过悠举着一把大伞对我摇着头说："现在最重要的是把美晴找到。"

我们在后山呼唤美晴的名字，不知叫了多少遍。我们沿着山路一路向上，发出无数次呼唤，终于听到了回应。

"朋彦，菊池君。"

于是我又加大音量，扯着嗓子喊了一声："你在哪儿？"很快，我们便在架着脚手架、残留着建筑物形状的遗迹中找到了一脸苍白、正在躲雨的美晴。

"美晴!"

"我一直找不到。"

美晴虽然打着伞,但好像冷得不行。藏蓝色的学生制服被雨打湿后有点发黑。"不用找了。"我和悠几乎同时说。我们走进了遗迹。

"怀疑你是我的错。我已经听高桥说了重启工程的事。你是想在大人到达前帮我们把东西拿走吧。"

我一路小跑到美晴面前,就在那一刻。

"朋彦,危险!"

悠大喊一声。我回过头,同时听到美晴身边传来"咔"的一声。我瞪大眼睛,瞬间便反应过来那是木制脚手架崩塌的声音。时间如同电视上的慢动作一样,流淌得异常缓慢。我猛地扑向美晴。

"美晴……!"

我大喊一声,用力推开美晴。红雨伞被撞飞,美晴似乎惊呆了,死死盯着我的脸。

脚手架支柱倒下,紧接着是一阵地动山摇的巨响。我抱住美晴被雨水淋湿、又被体温捂热的肩膀,听见悠在旁边叫了一声"朋彦"!四周的光仿佛都被遮住,视野里一片黑暗。

我的意识渐行渐远。

未来的约定

"朋彦,朋彦……"

过了一会儿,我被一个声音唤醒。

"朋彦。"

身边又传来美晴的声音。我也回了一声:"悠,美晴。"倒塌的遗迹里柱石交叠,但部分柱子被卡住,没有砸到我和美晴身上,而是形成了一个小小的空间。

"太好了,你没事啊。"

我和美晴好像被困在这里了。在塌陷的入口另一端,还能隐约听到悠着急的叫声。

美晴低声呢喃着他的名字。

"菊池君……"

悠略显痛苦地答了一声"我没事"。尽管被困住的不是他,可他的声音听起来沙哑而断断续续。周围并没有完全陷入黑暗,塌陷的入口下方还有个能容手臂通过的小洞。洞口透出微弱的光芒,照亮了美晴的脸。

小洞外面伸进来几根白皙的手指。

"朋彦,你能看见我的手吗……?能抓住吗?"

"嗯。"

我伸手抓住悠的手指。悠又把手臂往里伸了一点,这下整个手掌都露了出来。绷得笔直的指尖仿佛抽筋一般不断颤抖着。我用力握住那只手,却见美晴抬起头,凝视着光点面积减少大半的洞口和悠颤抖的手,像是意识到什么似的叫了一声。

"菊池君会不会是身体不舒服啊……?"

听到她的话,我不由自主地放松了手上的力道。那个瞬间,另一头传来坚定的声音:"不能放手!"

"我身体没问题……所以你绝对不能放手。还要把美晴的手拉住。"

"别乱来了!反正你也不能从这么小的洞里把我们拉出去。"

如果情绪过分激动,即使在这个时代,悠也是会发病的。现在他的呼吸似乎就很艰难。我眼前浮现出悠趴在洞口另一端,伸长了一只手,又用另一只手捂住胸口的光景。

"别勉强自己,快停下。"

我感到悠用力摇了摇头。

"没关系。我一直没机会奔跑,没办法像大家一样打篮球、踢足球。所以我也想像朋彦一样,偶尔勉强一下自己……"

悠好像轻笑了一声。

"美晴,快拉住朋彦的手。我可以带着身上的东西和手里握住的东西一起进行时间移动。所以一定能把朋彦和美晴一起带走。"

"可你不是不能——"

"别管了！"

他的声音十分坚定。与此同时，悠的手依旧不停地颤抖。可他还是死死抓住我的手没有放松。美晴一定不明白他的话，但还是一言不发地听着。

"快点，遗迹说不定还会继续倒塌。好了，朋彦。准备好了吗？"

我看了一眼美晴，她默不作声地对我伸出了手。这几乎是我第一次碰女孩子的手，可我还是默默地照办了。因为我实在不忍心听到悠如此痛苦的声音。

禁忌的穿越瞬间，伴随着炫目的白光降临。

眼前还是一片昏暗，身体却产生了被吸上半空的感觉，悠的手缓缓从我的手心里抽离。不行，我不想放开。于是我又用力握紧他的手，就在那时，我眼前闪过一片如同细碎玻璃反射出的光芒。

数不清的碎片向下撒落。一副眼镜框飘浮在空中。莫非那是悠的……我拼命伸出手，一心只想抓住它。随后握紧。

我听到了悠的声音。

"永别了，朋彦。我真的、真的很开心……"

脑中现出一片奇妙的光景，仿佛时间与天空在疾速移动。

等我回过神来，我和美晴已经来到一个眼熟的教室门前。身上的制服湿透，依旧紧握着彼此的手。我慌忙松开她的手，向四周张望，却找不到悠的身影。

"喂，你们两个。"

教室门突然打开，星野老师从里面探出头来，脸上还带着惊讶的神色。

"刚才明明还在教室里，什么时候跑出去的？快回到自己座位上。"

"老师，悠、菊池悠他……"

"悠？菊池？"

老师歪着头，仿佛听到陌生的外语。我看到他背后的黑板上写的日期和墙上的时钟，紧接着叹了口气。那正是我出门去找美晴的日子，也就是今天的日期。只是时间却变成了下午两点半，还没放学。

我朝教室里看了一眼，随后屏住呼吸，双手抱住了头。因为我看到自己座位旁边，不久前才看到过的悠的座位，已经不见了。

"别说傻话了，快回自己座位。"

我凝视着身后的美晴。美晴还在发抖，却指着我的右手说："朋彦，那个……"

此时我才意识到，刚才悠松开手后，我在空中抓住了什么东西，而我僵硬的手指还紧紧握着那样东西。

我摊开手心，看到那副坏掉的眼镜，仿佛明白了一切。这副眼镜已经没有了镜片，连镜框都扭曲变形，但还是能看到镜框内侧的细小螺丝，和一排看起来像是调节器的旋钮。

这是悠的眼镜。旋钮旁边印着"过去"和"未来"的箭头。那家伙的时光机原来是眼镜。为了救我们，悠把我们送到了遗迹倒塌前的学校里。同时，这个时间待在教室里的"过去的"我和美晴被"未来的"我和美晴顶替了。

由于我和美晴突然消失，放学后，被班上的人冷嘲热讽了一番。但那种事已经无所谓了。因为所有人听到悠的名字都一脸茫然，丝毫没有记忆。连班长高桥也一样。

"你在说什么呢？今年我们班上没有转校生啊。"

美晴成了我最后的堡垒。我走过去问她："你记得吗？"美晴肯定地点点头。

"你跟我来，我会解释的。不过今天有班委会议吧？"

"我去拜托高桥君帮我认真听。"

如果换作平时，美晴一定不会翘掉班委会议。不过她这人在自己认为可能很重要的时候从不会错过决断时机。悠一定也这样吧。想到这里，我感觉胸口一阵一阵地抽痛起来。

我到后山遗迹藏游戏的地方看了一眼，可那里已经什么都没有了。我能感觉到，那并不是因为有透明罩，而是真的空空如也。我慌忙找到悠此前说的那棵树，就是他让我挖下去看的那棵树。

如果连那里也空空如也该怎么办，想到这里，我感到异常害怕。从九月开始跟悠度过的那些时光竟会全部消失，那家伙竟会变成不曾存在过的人，这实在太没道理了。悠是我的好朋友。他牺牲了时光机，牺牲了这里的生活，就是为了救我。

我在土里挖出一个包在塑料袋里的银色细筒，忍不住叫了一声。那是我在悠家里见到过的全息影像机。我学那天悠的样子打开了侧面开关。

一道光浮现在空中，慢慢凑成悠的脸。美晴在旁边屏住呼吸看着。影像中的悠面带微笑。

"朋彦，美晴——那件事发生后，我因为强行操作时间穿越，现在又回到了自己的时代。还把眼镜也弄坏了。"

他害羞地笑了笑。

"不过你们不必在意，我的病情已经缓解了，我在这边也可以继续治疗……而且，我又能跟爸爸妈妈一起生活了。虽然再也吃不到朋彦家的炒饭让我很遗憾，不过我妈妈做的炒饭也很好吃哦。"

随后他绷紧面孔，换上认真的表情。

"我竟然带着两个人进行时间穿越，自己都觉得太乱来了。不过我之前也从未想过自己能做到那种事。我听说你们那个时代的人都被抹去了关于我的记忆，只有朋彦和美晴，无论怎么操作都不愿把我忘掉。有人告诉我，那是因为你们想记住我的意志非常强烈。真的谢谢你们。"

影像里的悠两眼通红，噙满了泪水，看得我也流下眼泪，使得画面变得更加模糊不清了。我拼命咬牙控制，眼泪却还是滑落下来。

"以后我们可能再也见不到面了。不过尽管时间很短，能跟你们在一起，我还是非常快乐。谢谢你们，再见。"

影像消失时我叫了一声"悠"，却没有听到回应。全息影像机是单方面接收信息的机器，从这边无法回复信息。

因为不想被人看到我在哭，我刻意转过头背对美晴。不过美晴也低着头，忙着擦眼泪。

尽管一直不敢对上她的目光，我还是把所有事情告诉了美晴。悠的病、游戏卡，以及我总是逃社团训练的原因。这段时间我从悠那里得到了多少激励，自己的想法又产生了多少改变，还讲了那家伙最后进行时间穿越时所下的决心和勇气。

我从口袋里掏出坏掉的眼镜，凝视着。未来的东西本不该留在这个时代，一定是因为被我抓住了，它才会留在这里。悠存在于此的证据，真真切切地留在了我的手心里。

悠已经从大家的记忆中抹去。可我依旧记得他，这是否有什么意义呢？我这么想时，心里已经做好决定以后该怎么做了。眼泪终于不再流淌，我也能直视美晴的脸了。

"在到一百年后的未来之前，在悠得的那种病出现之前，我们应该能做些什么。我们可以一边调查原因，寻找治疗方法，一边等待那家伙的时代到来。"

我学习不好，能做到的事或许非常有限，但我的记忆和努力一定都不会白费。

美晴抿起嘴唇,说:"可是……可是未来真的如此轻易就能改变吗?"

"不试试怎么知道呢?"

美晴似乎还想说些什么,但就在此时,她突然指着太阳说:"你看。"

我顺着她手指的方向望去,知道美晴想说什么了。

今天傍晚应该会下雨的,此时却没有下,晴空万里,夕阳在天空洒满余晖。悠确实改变了"未来"。

"我也得行动起来了。"

要用力握住他努力伸过来的手。美晴站在我身边,也用力点了一下头。

櫻花盛放

夹在书里的信

"我提名塚原真智同学担任书记。"

一年级五班的教室里,光田琴穗兴冲冲地举起手,说出这句话。

这一瞬间,塚原真智感觉到背后传来一阵凉意。她慌忙看向琴穗,可琴穗并没有看她,而是直直盯着黑板继续说道:"原因是她从小写字就很好看。我们是小学同学,她以前也当过几回书记。对吧?"

说最后一句话时她才把头转向真智。真智不知该如何回答,只好缓缓点了一下头。确实没错。只是当时她也不是毛遂自荐要当书记的,同样是被别人提名的。

"那么,塚原同学,你意下如何?"已经被选为班长的守口南站在全班同学面前问道。

真智和南就读的小学不同,因此是刚认识不久的同学,此时突然被南叫了一声,她感到胃部一阵抽搐。

南个子很高,留着齐肩短发,看起来很擅长运动。她做事说话都雷厉风行,入学不到两周,新班级选举班长时她就大大方方地举起了手,简直是真智做梦都办不到的活跃。

"我……"

真智极不情愿地站起来,顿时感觉到全班同学的视线都集中在了自己身上。她觉得双腿发软。

(必须拒绝。)

读小学时就这样。父母和老师时常说她不能清楚地表达自己的意见,一旦有人叫她做事,她就很难拒绝。她想在初中改掉这个毛病。

"怎么样,塚原同学?你想当书记吗?"

班主任也开口了。

她并不讨厌当书记,只是不喜欢每次都像现在这样别人说什么就是什么。可她实在不知道要怎么当着这么多人的面说出内心的想法。只听她细声细气地说:"我愿意。"

站在教室前方的南笑了起来。

"谢谢你。那么书记一职就由塚原同学担任。既然如此,能麻烦你到前面来,在黑板上做一下会议记录吗?"

"好。"

真智答应一声,走向讲台。她不习惯受到他人的关注,因此迈出的步子有些僵硬。

她看了一眼黑板上的字。

副班长是刚才站起来提名真智的光田琴穗和长泽恒河。恒河跟南来自同一所小学,两人从小关系就很好,一直很有默契地推动着班会的进程。想必他也是性格开朗、雷厉风行的人吧。

"接下来我们要选出其他班委,大家都要踊跃报名哦!"

恒河用半开玩笑的语气说完,班上同学便纷纷嬉笑着报起"恒河"的名字。

她感到心里一阵刺痛。恒河的话虽然漫不经心,可传到她这个没有毛遂自荐,而是在别人推荐前一直默默待在自己座位上的人耳中,就感觉有点谴责的味道了。

真智站在黑板前,紧握着粉笔,想到前段时间参加社团时也是这种情况。

两周前,入学典礼刚结束不久,琴穗就找到她说:"真智,你要参加什么社团?"

琴穗也是那种从小学起就是班委,身边朋友众多的人。她们俩关系一直很好,可是琴穗对什么人都能大方说话,简直堪称耀眼,与真智是性格完全相反的两个人。

"我打算参加田径部。"

"啊,参加运动社团吗?感觉不太符合真智的性格啊。"

真智是好不容易鼓起勇气说出那句话的,如今又屏住了呼吸。确实,她小学就没参加过运动社团。见真智不说话,琴穗又继续道:"而且我听说啊,田径部的训练很辛苦,前辈们也都很吓人哦。你还是别去比较好吧。"

"这样啊……"

听了琴穗的话，真智心中的期待好像突然蔫了。

"那琴穗打算参加什么社团？"

"我吗？篮球部。因为从小学起我就喜欢迷你篮球。"

跟琴穗聊完，真智已经没什么加入田径部的心情了。体验社团的参观她也一次都没参加。不过就算失去了加入运动社团的兴趣，她也得找个别的社团。前不久她听说有个社团专门搞在校园发射塑料饮料瓶火箭的活动，觉得挺有趣的，便只参加了科学部的体验参观。这样下去，她真的会加入科学部吗？

真智已经听说，当上班长的南好像准备加入田径部。她怎么就跟自己如此不同呢？她怀着向往的心情感叹了一声，心中十分沮丧。

一天的课业结束，运动部的同学们都提着训练服走出教室。真智在座位上看着，突然听到背后有人叫了一声"塚原"，她回过头，看到原来是坐在旁边的海野奏人。

他是全班个子最高的男生，发型也和常见的平头短寸不同，而是留着一头带点褐色光泽的柔顺短发。他平时不怎么说话，课上倒是回答过好几个谁都不懂的问题。两人虽然邻桌，但几乎没有交谈过。

"今天要去科学部吗？"

"啊。"

听了他的话真智才想起来，有几次她在科学部参观时，也看到了奏人，他一定是想加入吧。奏人露出了微笑。

"我听说他们今天要在校园里活动哦。"

"嗯,谢谢你。"

"喂,奏人。今天在自行车场碰头吧。"正准备去参加社团活动的恒河经过奏人旁边时说。他参加的是足球部,平时用的自动铅笔和垫板上都贴着真智不认识的外国足球运动员的照片。同班一段时间后,真智有点惊讶地发现,乍一看性格完全相反的两个人,竟然从小学起就是好朋友。

"知道了,社团活动结束后我在那儿等你。"奏人回答。

真智则呆呆地想,既然人家都开口了,不如到校园里去参观一下科学部的活动吧。

此时她真切地体会到,要想改变这个无法明确表达自己意见的毛病,可能还需要很多努力。

真智决定在去校园前先到图书室去一趟。她从小就很爱看书,小学那六年的时间里,她应该把学校图书室里一大半的书都读完了。初中学校的图书馆更大,因此她还是很期待的。

走进室内,满室书香让她很快平静下来。然而当她看到借书台里坐着的正在看书的当班图书委员时,真智感到早上班会时那种胃里一紧的感觉又回来了。

其实,真智想当的是图书委员。

可是班上每个人只能担任一种职务,而她被举荐为书记,就失去了竞选其他委员的资格。这都怪她自己没有坚持主见。

再怎么想也不顶用,她轻轻摇头,开始挑选准备借走的书籍。尽管只是社团体验,她也不能迟到。

她的目光在小说区徘徊,最终停留在一本书上。丽莎·泰兹纳的《暗黑兄弟会》——在艰苦境遇中与同伴一起克服种种困难的烟囱清洁工少年们的故事。这本书她在小学图书室也借过,不过能再读一遍还是很让人高兴的,于是她把书抽了出来。

真智知道,即便是同一部作品,有时也存在儿童版和成人版。两种版本在句子长度、文字大小、汉字使用上多少都会有差别。这本书会跟自己以前读过的不一样吗?

从未接触过的,初中生读的书。想到这里收藏的所有书籍都能在未来的三年间自由取阅,她不禁感到兴奋不已。

展开书页,有什么东西飘落下来。

(啊。)

眼前仿佛闪过迎风飞舞的花瓣。真智慌忙垂下目光,从地上拾起飘落的东西,原来是一张细长的纸条,看起来像是便笺。

纸条上写着字。

樱花零落

几个字全是片假名,却写得认真、整齐。

这到底是什么呢?是谁当成书签夹在里面的吗?真智离开书架,找到座位坐下,翻开最后一页查看借阅记录卡。最近的借阅记录那一栏里写的日期是四月八日，旁边写着二年级四班一位前辈的名字。

她的目光停留在下面那行空栏。本该填写借阅日期那一栏里残留着文字被擦除的痕迹。日期是四月十二日，新学期开始之后。班级写着一年级五班。姓名那一栏什么都没写，也没有擦掉的痕迹。

一年级五班！

真智差点儿没忍住叫出声来。就是自己所在的班级啊，难道曾有某个同班同学想借走这本书吗？他是否跟自己一样喜欢这个故事呢？可是，他为什么要把已经写上去的日期和班级擦掉呢？

真智凝视着那张写着"樱花零落"的纸条。尽管充满疑惑，她还是把纸条夹了回去，随后决定将《暗黑兄弟会》借走。

新绿的季节

放学后,真智站在走廊上,俯瞰窗外的校园。田径部的队员已经在操场集合了,尽管从未正式参加过社团活动,真智却已经从远处眺望了好几次田径部的活动。

队员们正在做训练前的热身。先是一系列拉伸运动,随后绕操场慢跑两圈。她在圈子里看到了南的身影,南此时正在做两人一组的准备运动,一个二年级的前辈帮她压背,而她则叉开双腿把上半身和手臂往前方拉伸。

真智听说田径部的前辈都很吓人,可是跟南一组的前辈看上去挺温和的,对后辈也是笑容可掬。真智把这些看在眼里,感到心中痒痒的。尽管听完琴穗的话她已经放弃了田径部,可是从这里看过去,她还是有点在意。

跟南分别当上书记和班长后,真智和她的关系渐渐好了起来。升上初中后班里的人数比小学多了不少,她一直很担心自己能不能交到新朋友。真智把第一次班会的记录交给南时,马上得到了她的夸奖。

"真智你好厉害呀，连细节都简单明了地记下来了，只要看一眼就能知道谁发表了什么意见。看来你很认真地听了班会的内容呢。"这句话使真智的不安瞬间消失得无影无踪。

两人虽然相识日短，但南很亲密地直呼自己为"真智"，这让她感到很高兴。因为真智没想到南会这样亲近，只能按捺着心里的悸动，努力挤出一句："谢谢你，南同学。"其实她也想像南的小学同学那样直接叫她"南"，只是越想越觉得害羞，最终没有叫出口。

站在旁边的琴穗伸头过来看了一眼笔记本，挺起胸脯骄傲地说："对啊，南，是不是多亏了我推荐真智当书记？"

听到她轻易叫出了南的名字，真智心想，琴穗果然很厉害，跟自己太不一样了。副班长恒河则半带调侃地说："怎么成你的功劳了。"

另一件令真智意外的事是，她常在图书室遇到南。有一次真智鼓足勇气问她："你喜欢看书吗？"对方的回答是："嗯，如果有好看的书，一定要告诉我哦。"

她本以为加入运动部的学生休息时间和放学后都会跑到外面玩，或是被许多朋友围在中间，没想到会有人独自跑到图书室里安安静静地看书，所以才吃了一惊。真智又问："你喜欢什么样的书？"

南想了一会儿，回答道："我最喜欢的是《三个火枪手》。"

"啊,我也很喜欢那本书。去年我还读了同一个作者的《基督山伯爵》,同样很好看。"

"真的?那本书我只听过名字,会不会很难懂啊?"

"书确实很厚,不过南同学一定不会有问题的。"

"真智,原来你读过这么多书,真厉害呀。"

听到南的感慨,真智顿时害羞得不知该怎么办才好。

"一点儿都不厉害啦。"尽管她嘴上这么说,心里却为能够结识像南这样的新朋友感到格外高兴。因为南拥有她所不具备的魅力。这次对话过后,换教室和休息时间真智都想跟南在一起。

真智继续凝视窗外的校园,突然听见田径部顾问老师吹响哨子让全队集合。真智也在听到那声哨响后离开窗边,回到教室去取自己的书包了。放在书桌里的《暗黑兄弟会》已经看完,但她还没还回去,因为她还是很舍不得里面那张纸条。

"找到你了,真智。"

背后突然传来一个声音,她吃惊地回过头去,同时手忙脚乱地把纸条塞回书里。叫她的是琴穗,她已经换上了运动服,可能正准备去参加社团活动。

"琴穗,怎么了?"

"不好意思,我想求你帮我个忙。真智,你能替我写下次班会的文案吗?"

"啊,可是……"

她真不知道该怎么回答。确实，下个月全校要搞"问候月"的活动，因此各班班委要提出策划文案，说明如何在本班级内展开这次活动，但那应该是班长和副班长的工作。没等真智回答，琴穗又说道："真智不是书记嘛。我跟真智不一样，字太丑了。如果真智能帮我写，南他们也会很高兴的。拜托了。至于内容，只要把真智的想法写上去就行了。"

"可我不想写啊。"

"别担心，别担心，真智能写出来的。而且篮球部每天早上下午都要训练，太辛苦了，科学部只有周三和周五才有活动，不是吗？"

她感到胸口一阵抽痛。上个月底，她决定正式加入科学部，这个社团确实不是每天都有活动，可是琴穗以前也用社团太忙的理由把该由副班长做的分发资料工作推给她，她那时也无法拒绝，最后接受了。

"对不起，那就拜托你了。"

真智用力绷紧手指，接过琴穗递过来的稿纸。她心里明明想着要拒绝，要改变自己，嘴上却说出了完全相反的话。

"我知道了。"

过了一会儿，南找到她说："真智，今天社团活动结束后我们一起回家吧。"

"可以啊，怎么了？"

"纸音今天没来上学,老师让我把学校的联络事项和课业笔记拿给她。"

"纸音——是高坂同学?"

"嗯。"

高坂纸音是她们的同班同学,从入学那天起就经常请假。上周长假结束后她更是再也没来过,连真智也有点纳闷她到底是怎么了。她只记得这个同学留着一头快到腰部的长发,带着点神秘气息,还有点早熟。

"本来应该班长和副班长一起去,可我去问琴穗时,她却说社团活动会拖很晚,今天实在抽不出空来,给拒绝了。所以我想,能不能请真智跟我一起去呢?"南一脸为难地解释完,又问了一句,"你跟纸音说过话吗?"

"只说过一次。"

开学典礼那天。

在体育馆举行的开学典礼结束后,真智有点紧张地走进教室等班主任老师,突然听见有人叫了一声"塚原同学"。是个不认识的女孩子,真智不禁吓了一跳。那个女孩子走过来,悄悄对她说:"你裙子上还留着疏缝①线呢。"真智"啊"了一声,抓住制服裙扭头一看,果然藏蓝色裙子的缝合处还留着交叉固定的白线。

---

①疏缝:制作服装的一个重要步骤,在正式压线前用针脚较为稀疏的缝线将面料定型,这样在压线时能够有效避免成品起皱不平整。成品服装的疏缝线可见于西装上衣口袋和后摆开衩部位。

"啊，真的，怎么办……"

一想到自己刚才就这个样子出席了开学典礼，真智顿时感到十分羞愧，脸颊开始发热。为了安抚慌乱的真智，纸音从笔盒里拿出一把小小的剪刀对她说："我帮你剪掉。"然后找了个没人注意的地方蹲下来，顺利抽掉缝在裙子上的白线，微笑着说了声："这样就行了。"

"谢谢你。"真智松了一口气，对纸音道了谢。她看着纸音回到座位上，发现她的桌子上放着摊开的班级名册和座位表。可能纸音为了跟真智说话，还专门查了她的名字。

真智觉得她真是个心地善良的孩子，因此对纸音印象深刻。

"好啊，我跟你一起去。"她对南说。

"高坂同学是生病了吗？还是从小就身子弱……"

两人走在去南家的路上，真智担心地问了一句，南却摇了摇头。

"我觉得不是那样的，纸音上小学时几乎没请过假。"

"是吗……难道是发生什么事了？"真智压低声音询问道。

南沉默了好一会儿，才点头说："有可能。"

两人来到纸音家，按下玄关门铃，对门口的对讲机报出来访目的。这是个前院装了铁门的大宅子，能看见门后是铺着草坪的院子。

接起门铃电话的似乎是纸音的母亲。铁门打开，阿姨走出玄关来迎接她们。她的眉眼和纸音很像,是个很漂亮的人。

"真不好意思啊,小南。难得你来跑一趟,纸音却不能见你。"

跟南打完招呼,纸音母亲又疑惑地看向真智。

"我是您女儿的同班同学塚原真智。"

做完自我介绍后,真智也得到了一句"谢谢"。

"下次有时间再来哦。我会告诉纸音你们来过了。"

她们把讲义交给阿姨,转身离开了。走出大门,真智突然停了下来。她仿佛感觉到了别人的视线,猛地转头看向刚刚离开的纸音家。

目光扫向二楼的窗户,就在真智看向那里的瞬间,窗帘被"唰"地拉上了。轻轻摇动的窗帘布仿佛在向她述说,刚才真的有人站在那里。

站在窗边看她们的人,会不会是纸音呢?

真智回过头,发现南跟自己一样停下了脚步,正看着她。两人一言不发,重新迈开了步子。

"真希望纸音能早点来上学啊。"

远离那座房子后,南小声说道。

世界之大

铃声响起,老师说了一句"全体停笔",教室里一直紧绷的气氛突然松懈了下来。

"唉……刚才那题我昨天才背过的。"

像往常一样精神饱满的恒河很不甘心地说。

这是第一次期中考试。

最后一场是理科考试,考试结束后答题卷从后方依次递向前排。真智也把自己的卷子翻过来叠在上面。

教室里充满像恒河那样后悔的感叹,以及考试终于结束后的放松笑声。真智也感到肩头的重担突然消失了。初中的考试跟小学完全不一样,刚才教室里还一片死寂,让人连咳嗽都不敢,单是坐在座位上都觉得比平时更憋屈。

老师把答题卷收上来,确认数量后,便是惯例地起立、行礼。

老师离开后,教室里更加嘈杂了。同学们都在四处询问:"怎么样?""那题你是怎么答的?"

真智刚收好笔盒垫板,正在座位上跟朋友说话的琴穗就转过来，叫了一声"真智"。

"考得好吗？"

"完全不行。"

真智考试前非常紧张，但每一科考试开始后都能集中精力答题。冷静回忆课上讲解的知识点和复习过的内容，尽管有几题没什么自信，但几乎没有她回答不上来的。

听了真智的回答，琴穗调侃地瞪了她一眼。

"骗人。你肯定是嘴上说不行，实际考得特别好。真智一直都这样。"

她一时无言以对。琴穗又转头对朋友说："真智在我们小学成绩可好了，可以说是第一名呢。"那位同学闻言说了一句："真的吗，好厉害呀。那这回可能也是第一哦。"

真智听了慌忙摇头。

"我一点都不厉害。"

琴穗那句"骗人"让她感到心里有点苦涩，但她不知该如何应对。

就在此时，南在旁边对她说话了。

"真智，你今天去图书室吗？我们社团从今天开始要恢复活动了，如果你要去，能帮我还书吗？"

"啊，嗯。可以啊。"

进入考试周，社团活动全部停止，直到今天才恢复。琴穗也举起右臂使劲儿抻了几下，说道："啊，对呀。从今天开始又要训练了。"随后她又转向南说,"南,这次考试怎么样?"

"一般般。不过考题比我想象得简单,真是太好了。"

"是吗?我觉得挺难的呀。你们真好。"

"琴穗你真是的,肯定是平时不好好学习吧?"

看着南大大方方地瞪了琴穗一眼,真智心里又是一阵悸动。为什么南可以如此自然呢?我肯定没办法像她那样吧。考试考得好本来应该是好事,可她却不知为何觉得很羞愧,想隐瞒自己考得不错的事实,这到底是为什么呢?

琴穗几个人回到了座位,南把借来的书递给她,说了一声:"这个拜托你了。"是上回真智推荐的《基督山伯爵》。

"真智说得没错,这本书真的很有意思。谢谢你。"

刚才还很低落的心情,因为这句话而重新振作起来了。

"原来你马上就去借了呀。"

"嗯,还有什么好看的书,尽管告诉我。"

南对真智露出了微笑。

真智好久没去图书室了。

因为此前决心要忍耐到考试结束,她心里已经盘算好了很多想看的书。打开图书室大门,书本和纸张的气味扑鼻而来。这一瞬间,她的心情振奋起来。

办完还书手续,她走在书架间寻找要借的书,目光突然停留在《暗黑兄弟会》的书脊上。她把书抽出来,看了一眼后面的借阅记录卡。自从真智把书还回来之后,似乎还没有人来借阅过。那张"樱花零落"的纸条也还夹在里面。

这是谁写的呢?她很在意,但想想纸条也有可能是什么人一时不注意夹进去的。

那天她借的是《亲爱的敌人》,这本书是她最喜欢的《长腿叔叔》的续篇。有一次她在不知什么地方看到,还有一本以《长腿叔叔》里的主人公朱迪的好友莎丽为主人公的小说,此后便一直想读读看了。

她"哗啦啦"地翻动书页,突然在中间停了下来,险些大叫出声。这本书里也夹着一张纸条,跟《暗黑兄弟会》里那张一样,是狭长的便笺纸。仅仅如此便足以让她吃惊,而纸条的内容则更让真智移不开目光了。

> 我感觉大家都在笑话我。为什么我没办法当着大家的面表达自己呢。

笔迹与上一张"樱花零落"十分相似,铅笔的色度也几乎一样。
——没办法当着大家的面表达自己。

这句话说的简直就是自己啊。真智慌忙翻到借阅记录那一页,发现上面的最新记录是去年秋天,也就是真智入学前。借阅人当时在读初三,那么如今已经毕业了。她又把《暗黑兄弟会》的借阅卡抽出来放在一起比较,发现上面并没有相同的姓名。把纸条夹在书里的人很可能这次也没在卡上写名字。

她的心跳得越来越快。

《暗黑兄弟会》的借阅记录卡上有一块文字被擦去的痕迹，那一行写的就是真智所在的"一年级五班"。那么，写下这些文字的人，难道是她的同班同学吗？

真智借走了《亲爱的敌人》，几番犹豫过后，又把书里的便笺拿了出来。因为那些文字正是她的心声，她不太想让别人看到。

回到家后，真智把便笺仔细收在了书桌抽屉里。

科学部准备等考试结束后开始制作肥皂。

真智本以为科学部的"科学"是以制作机器为主，刚听说要制作肥皂时，她有点反应不过来。尽管如此，看到黑板上的氢氧化钾化学式时，心里还是激动不已。她还没在课堂上接触到化学式，这让接下来马上要进行的肥皂制作活动带上了专业实验的光环，使她对平时早已见惯的肥皂也产生了兴趣。

将材料溶化、混合，注入模具后，就要静置几个礼拜让它凝固。为了通风，把窗户全都打开了，可理科实验室内还是充满了橄榄油和椰油的气味。真智把实验工具都收拾好，到走廊洗手池洗过手后，又透过窗户打量起了校园。

她还是忍不住看向田径部的方向，正好看见南在白线画的一白米跑道上训练。

"守口同学真努力啊。"

旁边传来奏人的声音。

"是啊。"真智看着清洗工具的奏人,问道,"奏人君为什么要加入科学部呢?"

真智是犹豫了好久才不情不愿地加入的,可奏人似乎早就决定好要加入科学部了。奏人"啊"了一声,想了想,然后说:"可能是受了父亲的影响吧。"

"奏人君的父亲?"

"嗯。父亲向来手巧,我小时候就看他做过屋里的架子,还有折纸等各种各样的东西。我一直认为那些都是他的发明,还觉得父亲是个科学家呢。不过现在想想又觉得挺好笑的,做家具其实是木工,根本不是科学啊。"

"奏人君的父亲是干什么的?"

"汽车工程师。他的工作是制造引擎。"

"啊!好厉害。"

工程师都是搞技术的,真智觉得那种工作已经跟科学关系密切了。"是吗?"看到真智的反应,奏人不好意思地笑了笑,"可能因为这样,我从小就想着长大了要当个科学家。"

奏人说话时表情无比生动。看到他的表情,真智突然很想向奏人道歉。

科学部跟运动部不一样,每周只有周三和周五才有活动。上次琴穗说的那些话让真智很受打击,而且她也确实没勇气加入运动部,就随随便便来到了科学部。然而还是有像奏人这样的人,是认真参加科学部活动的。为此，真智在心里深刻反省了一番。

　　椰油的气味。

　　从今天起，她看到家里的香皂，肯定不会像以前那样看看就算了，一定会对材料和制作方法心生好奇。真是太有意思了。直到此时真智才头一次感到，加入科学部真是太好了。

　　又过了一个礼拜，期中考试结果公布了。

　　真智提心吊胆地看着综合排名那一栏。

　　不是第一名。确认过后，她竟受到了意想不到的打击。

　　可能她嘴上说着"不可能"，其实还是跟小学一样，心里不自觉地有点期待吧。

　　她轻轻合上成绩单，偷瞥了一眼坐在后面的南，还有靠走廊的奏人。

　　她猜不到谁是全班第一。

　　班上还有参加了体育部、成绩也十分优秀的南，以及虽与她同岁，却已经拥有明确梦想的奏人。

　　初中的世界果然更广阔啊，真智在心里感叹道。

真实心情

三方会谈结束后,母亲颔首告辞。两人走出来一看,发现恒河坐在走廊椅子上。

"哟。"

他抬起头看见真智,打了声招呼。坐在他旁边的女人站起来朝真智母女行了个礼,应该是恒河的母亲。

"怎么样?啊,真羡慕你啊。塚原成绩这么好,跟我不一样。"

不知为何,恒河的语气似乎比平时生硬一些。可能是因为轮到他进去了,所以有点紧张。

"不用担心,没问题的。"

真智话音刚落,教室里就传来老师的声音。"长泽同学,请进。"

"再见啦,塚原。"

恒河母子走进教室后,母亲微笑着对她说:"那孩子真活泼。看到真智和这么活泼的孩子是朋友,妈妈也就放心了。"

"嗯。"她点了一下头,往玄关走去。真智一直低头凝视着自己的室内鞋，脑中回响着恒河刚才说的话。

——真羡慕你啊，塚原成绩这么好。

成绩吗？她叹息一声。确实，她的考试成绩和年级排名都很不错。只是刚才在三方会谈时，妈妈有点担心地对老师说："老师，我们家真智有点内向，这让我可伤脑筋了。"

想到这里，她感到心里微微一沉。

大人们嘴上虽然爱说"认真学习""多看点书"，可实际上，他们看到像恒河跟琴穗那样跟大家在外面玩的孩子，才会真正放下心来吧。想着想着，真智感到有点伤心。恒河刚才说羡慕她，真智又何尝不羡慕恒河呢。

"妈妈，我能到图书室去还一下书吗？马上回来。"

"啊，那我在停车的地方等你哦。"

"嗯。"

真智到图书室还了书，随后走向书架。她早就想好今天要借什么书了，恩德的《说不完的故事》。

从小学时算起，这已经是她第四次借这本书了。这是她最喜欢的一本书，只要翻开主人公巴斯蒂安的冒险故事，无论多么失落的心情都能马上振作起来。

她捧着厚重的书本翻动书页，动作突然停了下来。书里夹着东西，真智的心跳突然加快了。莫非又是——

跟《暗黑兄弟会》和《亲爱的敌人》里一样，夹在书里的是一张细长的便笺。是那个人留下的纸条！不过这回内容只有一行。

我觉得，每个人都有各自擅长与不擅长的领域。

看到文字的瞬间，真智屏住了呼吸，接着又反复看了好几遍，这简直就是自己现在心情的写照。学习好的孩子，学习不好的孩子；运动好的孩子，运动不好的孩子，便笺上那句"擅长与不擅长"深深地刺中了她的心。

真智把这本夹着便笺的书借了出来，快步走向母亲等待的地方。

那天真智想了又想，咬牙决定也在《说不完的故事》里留一张纸条。她感到兴奋不已。洗完澡后，真智在自己的房间里翻开了书。

我也这么想。

写下这么一行文字后，她把便笺夹在了最初发现纸条的那一页。这样一来，写纸条的人说不定能收到她的回复。随后，她又把"那个人"写的纸条收进了书桌的抽屉里。

把书还回去以后，真智比往常更期待去图书室了。那个人是否看到了回答呢？如果下次再看见新的回复……仅仅是想想就让她期待不已。可是到了第二天，又到了第三天，无论她翻看多少次，纸条都原封不动地夹在书里。对方并未收到真智的回复。

尽管非常失望，但也不能怪谁。毕竟是曾经看过一次的书，那个人短期之内应该不会再来借吧。她遗憾地想：如果能知道对方下次要借的书就好了。

离暑假还有一个礼拜。

考试和三方会谈都结束后，教室里一天比一天闷热了。

"不要因为放暑假就散了心哦。初中的作业可比小学要多多了呢。"

放学前的班会上，老师警告的话音刚落，男生们就"哇"地带头抗议起来。最近各科老师都开始在上课时提起暑假作业的事情了。

国语作业是读后感，理科和社会是自由研究。自由研究的作业可以四人一组完成，不知同学们准备怎么办呢？

"真智，我们一起做自由研究吧？"

班会结束，正准备去参加社团活动的真智被南叫住了，她身后还跟着恒河和奏人。真智吃了一惊，但马上点了点头。

"嗯，我还在犹豫该怎么办呢，谢谢你叫上我。恒河君，你们也一起吗？"

"是我叫的。"

让她意外的是，说话的人竟是奏人。

"恒河问我要不要一起，我就说干脆把塚原和守口也叫上吧。要是跟恒河两个人组队，肯定所有活都得我一个人干。"

"啊，奏人，你太过分了。"恒河噘着嘴说。

真智忍不住笑了，随后又感到十分高兴。这样一来，放假时也能见到南、恒河跟奏人了。

"我们现在还没决定做什么，总之暑假开始后先碰个头吧。在此之前，大家要想好研究的主题以供选择，怎么样？"

"很好啊。"

"哦，交给我吧！"

听了南的提议，奏人跟恒河都点点头。看着大声回答的恒河，南悄悄对真智苦笑着说："那家伙以前就这样，只有嘴上应得最响。"

"真智是我们的大靠山，所以拜托了哦。"

"交给我吧。"

真智也学着恒河的样子，稍微挺起胸膛，点了一下头。

放学后，真智来到科学部，老师正在黑板上写下放假期间的社团活动日期，真智在下面做着笔记。本来就十分期待的暑假，如今更是充满了乐趣。

社团活动结束后，真智在门口穿鞋，碰见琴穗从旁边走了过去。琴穗看见真智，叫了一声："啊，真智，我正想找你呢。真智啊，暑假的自由研究，你决定跟谁组队了吗？要不要跟我一起？"

"啊，不好意思，我已经跟南同学他们约好了。"

她刚道了歉，就听见琴穗的声调猛然降低了好几度。"啊，是嘛。"

"嗯,真不好意思。老师说自由研究最多只能四人一组……"

"哦,没关系、没关系。真的。我去找别人组队。不过真可惜啊,真智头脑这么好,跟真智组队肯定能做出好东西来。"

"……嗯。"

她点点头,突然想起琴穗找她做班会文案时说她字好看,她头脑聪明。琴穗最近越来越常用这种理由找真智做事了。

(琴穗想跟我一起做自由研究,是因为喜欢我这个人,还是……)

心中掠过一道阴影。

(……还是觉得我会把琴穗那份也一起做了呢?)

这种想法感觉太不好了。真智轻咬下唇,想把这个想法从脑海里赶出去,却听见琴穗问:"你们那组还有谁啊?"

"恒河君和奏人君。"

"果然南是跟恒河一组啊!"

看见琴穗瞪大了眼睛,真智感到莫名其妙。此时琴穗又说了下去。

"我问你,那两个人是不是跟传言一样,正在交往啊?"

"啊?"

她想都没想过这一点。

确实,自从升上初中后,真智就经常听到身边的什么人跟谁开始交往了这样的传言。只是她依旧感觉那是离自己非常遥远的世界里发生的事。

"我不知道。"

"啊,真智,你跟她关系这么好,竟然不知道吗?"

"嗯。"

南与恒河关系确实不错,就算说他们在交往,也一点不奇怪——只是,一想到南什么都没对自己说,真智就感到心里好像有一个大洞。有点寂寞,像被弃置一旁的玩具。

真智含糊地笑了笑,便跟琴穗道了别。"明天见啦。"连她自己都能听出来,她的声音里没有一点活力。

第二天课间休息时,真智和南结伴走向图书室。平时每个学生一次只能借一本书,但暑假前学校特别批准可以借三本。

两个人分头挑选要借的书目,真智脑子里却只想着昨天琴穗对她说的话。她想直接去问南。然而转念一想,那样又有点强行揭露朋友秘密的感觉,这使她有点踌躇了。

"我要借《基督山伯爵》的下部,真智呢?"

"我……"

突然被南这么一问,她条件反射地绷紧了身子。她把自己选的书拿给南看。卡夫卡的《变形记》,科幻小说《进入盛夏之门》[①],

[①]《进入盛夏之门》(*The Door into Summe*),美国硬科幻作家罗伯特·海因莱因于一九五六年发表的作品。

《纳尼亚传奇》系列的《狮子、女巫和魔衣橱》[①]。南惊叹一声，瞪圆了眼睛。

"这里面我只看过《狮子、女巫和魔衣橱》。其余两本如果好看，你要告诉我哦。"

"嗯。"

真智找了个座位坐下，准备填写借书卡。翻开这三本书时她险些惊叫出声。

三本书中有两本都夹着那种纸条。

其中一本是《进入盛夏之门》，另一本是刚才南说自己看过的《狮子、女巫和魔衣橱》。

真智慌忙看了一眼纸条内容——那个人用的还是一样的细长便笺纸。

如果我努力，他们会看我吗？
没有人，注意我。

三本书里竟有两本夹了纸条，那个人挑书的口味跟我很像！

想到这里，真智感到心里有些痒痒的，又觉得这两句话看起来有点寂寞。这么说来，上回的纸条也给人这种感觉。

[①]《狮子、女巫和魔衣橱》(The Lion, the Witch and the Wardrobe)，英国作家C.S. 路易斯于二十世纪五十年代发表的系列作品之一。从写成时间来看，这是《纳尼亚传奇》第一部，但从故事情节来看，其实是第二部。

她把纸条放回去，正准备填写借书卡时却又吃了一惊。夹了纸条的两本书上，出现了同一个名字，而且就在真智填写的那一栏上方。

一年级五班，海野奏人

《进入盛夏之门》的借出日期是一个月前，《狮子、女巫和魔衣橱》则是一周前。当然，这两本书在那之后也有可能被不留下姓名的人借走。实际上此前那几本夹了纸条的书上就并没有奏人的名字——可是，这真的是巧合吗？

"真智，你怎么了？"

南的声音让她猛地回过神来。真智像是受到了惊吓似的抬起头来，回答了一句："没什么。"

夏天与时光机

骑着自行车攀爬充斥着蝉鸣的坡道,额头上沁出的汗水转过眼角,顺着脸颊滑落。

盛夏。仿佛一旦停下蹬着踏板的双腿,身体就会因为暑热而动弹不得,因此只能咬紧牙关,看向天际。头顶的行道树叶片间漏下橙黄的阳光,倾洒在地面上。

骑到坡顶便是公民馆了,南与恒河已经到了。两人发现骑车来的真智,一齐转过头。

"真智!"

南今天没穿学校制服,而是穿一件蓝白相间的水手风吊带背心,搭配一条热裤,看起来成熟了不少。站在南身边向她打招呼的恒河则是短袖衫配牛仔裤的装扮。

"早上好。"

真智跳下自行车,擦着头上的汗水走过去。南对她露出微笑。

"这地方不难找吧?"

"嗯。"

这是他们暑假里的第一次碰头。四人找了各自都没有社团活动的日子，聚在一起商量自由研究的题目，地点定在奏人家。因为暑假开始前奏人对他们说："可以到我家来呀。"

"奏人君家离这儿很近吗？"真智看了看周围，问道。

"很快就到了。我以前经常到他家玩。"

真智用手扇着风，小声说了句："真热啊。"她重新跨上自行车准备出发时，南在旁边夸了一句："真智的上衣好可爱。"

"话说，这还是我们头一次穿便服见面呢。"

"嗯，感觉有点不可思议。"

有点害羞，但充满了让人愉悦的新鲜感。

三人来到奏人家门口按门铃，只见奏人穿着灰色短袖衫，外面套着淡蓝色衬衫来开门了。真智心里猛跳了一下。同样是男生的便服，他看起来就比恒河稳重得多。这也是她头一次跟奏人在学校以外的地方见面，这让她感到两人的距离瞬间缩短了不少，还有点莫名的羞涩。

"你们想到什么自由研究的题目了吗？"

听了南的话，几个人看看彼此。奏人正把麦茶放到每个人面前。

"我随便什么都行。"恒河说，"不过既然要做，就做点好玩的吧。"

"你这话真让人猜不透到底有没有干劲啊。"南苦笑着说。

随后奏人突然看着真智问:"塚原怎么想?"

"我?"

"嗯。塚原你不是读了很多书嘛,应该知道挺多东西的。你有什么想做的,或者目前比较感兴趣的事吗?"

"我没什么……"

真智脱口而出,却很快又闭上了嘴。

如果放在从前,这种场合她一定会回答"没什么特别的"。因为一想到自己的发言可能导致题目最终确定下来,她就会心生犹豫,很难说出自己的意见。不管是赞成还是反对,都让她恐惧不已。

不过现在身边是南、恒河,还有奏人,她感觉身处这些人中间,似乎不那么害怕发言了。

"比如说……跟时光机相关的题目怎么样?"

"时光机?你说的时光机,就是漫画和电影里经常能看到的那种?"恒河反问道。尽管他的音量很大,却听不出厌烦的意思,这让真智有了放心说下去的勇气。

"嗯,我正在看一个叫海因莱因的作家写的小说,那本书的名字叫《进入盛夏之门》,特别有意思。"

"哦哦。"

奏人点点头。看到他的反应,真智想起自己放假前在图书室借《进入盛夏之门》时,发现借书卡上写着奏人的名字。同时她又想起，那本书里也夹着她从四月份就一直惦记着的纸条。

"我也看过《进入盛夏之门》，好像是以时间为主题的科幻小说吧。"

"嗯。我对时光机的印象一直都是坐着一台机器，可以自由前往自己想去的时代，所以看到《进入盛夏之门》开篇讲前往未来的方式时真的吃了一惊——那里面的人会把自己冷冻起来，进入类似假死状态的漫长冬眠。然后几十年过去了，那个人却能保持原来的相貌，从结果上看等于活到了未来。原来还有在沉睡中等待未来的时间旅行方式，这让我非常吃惊，同时觉得很有意思。"

"原来如此啊。"奏人点点头，"我想起来了，我看那本书的时候也在想，如果是这种方式，时光机在未来说不定真的能被造出来。"

"对啊，所以我就想，不如把研究题目定为'时光机实现的可能性'吧？"

奏人一脸认真地抱着手臂思考起来。

"怎么说呢。想要做出能够自由移动的时光机，应该很困难吧。不过《进入盛夏之门》中确实出现了回到过去的时间旅行方法……"

"很不错啊！就做这个吧。"

令人意外的是，恒河也赞成。奏人和真智停止讨论，看向恒河。

"我觉得时光机能造出来。你想啊，电视机和手机在过去的人看来不也是绝对不可能的东西嘛。就算时光机真的不可能，我们也可以去找找为什么不可能啊。"

"那就这么定了吧。"

南微笑着看向真智。

接着他们又决定,研究方法以查找学校图书室和市图书馆的资料,总结信息后得出结论为主。集合时间基本定在南和恒河社团训练结束后的下午,绘制图纸和总结报告的工作都在奏人家里进行。

自由研究大获进展的某天,南和恒河因为社团活动迟到了,真智和奏人就一边干活一边等他们来。

"我去泡茶。"

奏人离开后,真智心不在焉地看了一眼他房间里的书架。这么一看才意识到,奏人有很多书。可能他跟自己一样,也是从小就喜欢看书的人吧,真智想着。

厨房里传来水烧开的"啾啾"声。没过多久,奏人回到房间,发现真智站在书架前。

"那些书基本上都是爸爸给我的,你想看哪本,都可以借给你。不过这些书塚原你可能都看过了。"

"怎么会呢。谢谢啦。"

南和恒河到达后,四人凑在一起写起了研究报告。他们分头查到的资料上有许多晦涩难懂的词。研究到一半,奏人捧了本爱因斯坦的《相对论》过来,把其余三人都吓了一跳。

"这本书我怎么看都无法理解，不过研究时光机可能需要用到。"

书里罗列的那些词语他们挠破脑壳也看不明白，奏人却能把它们转换成通俗易懂的话解释出来，让真智三人崇拜不已。

此时，真智突然瞥到奏人写在本子上的字，然后就再也挪不开目光了。上面写的是"为了达到"，那个"为"字，跟她在图书室找到的便笺上的"为什么"中的"为"长得很像。

发现这一点后，她吃了一惊。

奏人的字端正整齐，乍一看甚至不太像男孩子的字。夹着纸条的书本中，有两本的借书卡上都写有奏人的名字。想到这里，真智猛然醒悟过来。

莫非，那些纸条是奏人写的？

抢先一步把真智喜欢的书全都读了一遍的"那个人"，在书中夹入纸条的"那个人"。班上所有人里跟自己一样爱看书的，目前真智只能想到奏人。第一学期她虽然跟南聊了很多书的话题，但真智看过的书明显比南更多。

她感到心中一阵悸动。可是那天她终究没再等到跟奏人独处的机会，也就什么都没问成。

奏人把他们送到家门口，真智跨上自行车，回头看了一眼，随后自言自语般喃喃道："我们总是在奏人君家待到这么晚，真不好意思啊。"

"奏人家平时都只有他一个人。"恒河在旁边答道，"奏人的爸爸一个人派驻在外地,好像很久才回来一次,那家伙都是跟妈妈两个人生活的。但据说他妈妈工作也很忙,所以那家伙啊,整个暑假好像都是自己做午饭吃。"

"真的吗?"

真智吃了一惊,与此同时,她又想起在奏人房间听到的水壶沸腾声。奏人平时端给他们的麦茶可能也是他自己事先做好的。真智家每到夏天,冰箱里总有冷藏好随时都能喝的麦茶,是妈妈做的。真智自己也未做过午饭,没泡过麦茶。

这个暑假,他们在一起这么长时间,奏人却从未让他们察觉到家里的情况。突然,纸条上那句"如果我努力,他们会看我吗",深深地刺中了真智的心。

加入科学部是因为受到了他误以为是科学家的父亲的影响;书架上的书都是父亲给他的。说出这些话的奏人,平时竟没有跟父亲住在一起,这是她做梦都想不到的。

写那些纸条的人,可能真的是奏人。

真智紧紧咬住下唇。

"对了,真智,不如我们到纸音家去一趟吧?"回家路上,跟恒河道别后,南对她说,"虽然纸音一直不愿意出来,但我们一块儿去看她的话,她应该会高兴吧。"

自那次两人一起拜访纸音家以来,南好像坚持定期前往。既没有老师吩咐,也没有需要送的讲义,南却坚持在暑假期间主动拜访,真是太令人敬佩了。

真智回答:"当然好啊。下学期开始,我也想尽量跟你一起去,到时候能叫上我吗?"

"谢谢你。"

前往纸音家的路上,南略显踌躇地问了一句。

"其实上学期我就很想问你了……琴穗是不是总把班委的事推给你做?"

真智感到心跳突然停了一拍。可是……

"没有那种事啦。"

她忍不住脱口而出。其实琴穗把那些事推给她真的让她很头痛,可是真把这事说出去的话,听起来又像打小报告,让她感到心里不舒服。更重要的是,她觉得这样不懂拒绝的自己实在太没用,羞于让南知道。

看着低头不语的真智,南说了一句:"那就好……"可她好像并不相信。于是真智又说:"真的没什么。"并想转移话题。就在这时,上学期末琴穗对她说的那件让她备受打击的事掠过了脑海。

南与恒河,两人是否在交往。

暑假过到现在,他们总在一起做自由研究,可两人什么都没对真智说。她虽然一直想问,却始终把那个问题藏在了心里。但此时……

"南同学跟恒河君在交往吗?"

她下定决心问了出来,却看见南一脸茫然。她立刻后悔自己问了这个问题，慌忙压低声音，南却突然松了口气似的大笑起来。

"我们没在交往啦。既然如此我也问你，你是不是跟奏人在交往？"

"啊？"

意想不到的问题让真智惊讶得眨了眨眼。南继续追问："怎么说？"

"不是，我们没在交往……你怎么问这个？"

"我听到传言了。"南笑了笑，"我还觉得要是真智什么都不告诉我，那真有点失落呢。"

"怎么会。"

心里这么想的其实是真智，她万万没想到南也有跟她一样的心情。只见南翘起嘴角，说了句："太好了。我们这个年级确实已经有人开始交往了，不过我觉得，只要保持自己的节奏就好，没必要焦虑，也没必要感到失落，我们就是我们。"

"嗯。"

真智突然感到呼吸畅快了不少。

"不过，如果你真的有了喜欢的人或者男朋友，一定要告诉我哦。"南又笑着说，"而且我听到真智和奏人的传闻时，还真觉得你们很般配呢。"

"哪里般配啦。"

真智摇着头，感到自己的脸已经涨得通红。两人相视而笑。

南、恒河，还有奏人。

能跟他们一起度过初中的第一个夏天，真是太好了。

时光机是否可能实现？真智几人的研究结论是，随着科学技术的进步，可能真的会有一天迎来穿越时光的时代。

到时候，真智能会怀念这个夏天。虽然不确定自己会不会想回到这个时间点，但她有种预感，今年夏天会化作闪闪发光的回忆，被她深深收藏在心底。

图书室通信

进入新学期,大家都开始为十月的文化祭做准备。

教室里坐满了暑假里被夏日阳光晒黑了的面孔,班长南正在征集文化祭项目的意见。全班要从第一天的舞台表演和第二天的教室展览中选出一个项目。

"那么五班就决定做舞台表演了。内容是合唱,曲目是《往昔之歌》。"

南话音刚落,教室里响起一片掌声。

《往昔之歌》是上学期音乐课学过的歌曲。这首歌以帕赫贝尔的《卡农》为主题,旋律十分美妙,是真智很喜欢的曲目。

最后定下来,班上的同学们按平时音乐课的声部分组,一直练习到文化祭开始。真智在女高音,南则分到了女低音,不过琴穗跟真智是一个声部。

班会结束后,各个声部开始选举队长。

"有人要毛遂自荐吗?"女高音这边,跟琴穗关系好的几个女生之一看着周围的人问道。

旁边的女低音都好像很快就决定由南担任队长了。然而真智所在的女高音部众人面面相觑,没有人主动站出来。

"怎么办?"

"要猜拳决定吗?"

快没时间了。小小的圈子里弥漫着相互推托的尴尬沉默,就在此时——

"我来吧。"

琴穗举起手,气氛顿时轻松了许多。

"真的吗?太好了。"

"谢谢你,琴穗。"

"嗯。"

在大家的赞扬下,琴穗点了点头。

真智走到图书室,归还暑假前借出的三本书。

当她递出《纳尼亚传奇》系列之《狮子、女巫和魔衣橱》时,突然又想起了此前在里面找到的纸条。那张纸条也被真智拿出来,收进房间抽屉里了。

那天之后,她又无数次凝视那些文字。整个暑假,奏人都跟他们一起在笔记本上写写画画,而他的字迹跟纸条上的字迹真的很像。夹在《狮子、女巫和魔衣橱》里的纸条上写着"没有人,注意我"。

那仿佛是恳求帮助的声音。

她好几次想找奏人问清楚，可一想到句子中隐藏的深意，又让她感到难以开口，所以至今都没有跟奏人提起过这件事。她觉得，与其直接去问，不如在书里留下回复更好。这样一来，她的心情是否就能传达给对方呢？

图书委员接过《狮子、女巫和魔衣橱》，放回书架上。书的封底从真智眼前晃过，她猛然醒悟。

《狮子、女巫和魔衣橱》是《纳尼亚传奇》的第一卷，架上还有第二卷《凯斯宾王子》和第三卷《黎明踏浪号》[①]。全系列共有七卷。

如果是真智，看完第一卷应该会借第二卷的。

她不假思索地做出了行动，带着势在必行的劲头写了一张回复纸条。纸条写好后，她便将其夹到了《纳尼亚传奇》第二卷《凯宾斯王子》里。那不仅仅是一张纸条，而是写给那个看不见的人的信。是真智对"没有人，注意我"的回应。

　　我从春天开始，就发现了你的存在。你是谁？你总是出现在我喜欢的书里，所以我很好奇。

希望那个人会来借走这本书。抱着近乎祈祷的心情，真智把书

[①] 《凯斯宾王子》（*Prince Caspian*），创作于一九五一年。按写成次序，本作品是第二本；按故事发生次序，则为第四本。《黎明踏浪号》（*The Voyage of the Dawn Treader*），创作于一九五一年。按写成次序，本作品是第三本；按故事发生次序，则为第五本。

放回到了书架上。

第二天午休时间,真智抱着半分期待及半分疑虑,心情复杂地走向图书室。《纳尼亚传奇》第二卷和第三卷都不见了!

她站在书架前,不自觉地屏住了呼吸。虽然有可能是别人借走的,但说不定,这次借书的人正是写纸条的那个人啊。

从那天起,真智变得比往常更加积极,每天一大早和放学后,她都要到图书室去看上一眼。早上文化祭的合唱练习结束后去一次,放学后也要风雨无阻地去看一眼那排书架。

第二学期开始,南去纸音家有时也会叫上真智。她自己好像每天都去,但因为"真智家在反方向",所以大概一周只会叫真智一次。每到这天,真智会先叫上南结伴到图书室借上一本书再去。

"真智,你真的很喜欢看书呢。"

因为暑假经常在这里查资料,真智跟南在图书室一起度过的时间一下增加了许多。真智还是第一次结交到相处时无须害怕沉默,能够在同一间屋子里安安静静看书的朋友,因此非常高兴,也非常幸福。

到了第二周,《纳尼亚传奇》第二和第三卷回到了书架上。

女高音部的合唱练习结束后,离班会开始还有一小段时间,真智趁机跑到图书室看了一眼,却发现南站在那个书架前。

"啊。"

她吃惊地停下脚步。原本背对大门的南听到动静回过头来,发现了真智。

"真智？"

"南同学也是来借书的？"

"嗯，算是吧。"

且不说放学后，真智还是第一次在清晨的图书室里见到南。她感到心里一阵悸动。而且，刚才开门的瞬间，她好像看见南手里拿着《纳尼亚传奇》第二卷《凯宾斯王子》。

但等真智走过去，南已经两手空空了。莫非她把书放回去了，还是从一开始就没有拿任何东西呢？真智也不清楚。

"那我先回去啦。"

南说着便转身回教室了。她刚才明明说是来借书的，却什么都没借就走了。尽管有点好奇，可真智更想看看还回来的第二和第三卷里有些什么。她上回夹进去的纸条有回应了吗？

翻开第二卷，真智的纸条不见了。

再翻开第三卷，里面出现了新的纸条。跟以前一样，那个人在细长的便笺纸上写了一行字，只是内容与之前完全不同了。

> 看到纸条我吓了一跳。我总是出现在你喜欢的书里？是指哪本书呢？

不是像以前那种的自言自语，而明显是对真智的回复。真智忍不住握紧了拳头。紧接着，她匆忙写下回复，当然，这回把纸条夹在了第四卷里面。

我在《暗黑兄弟会》《亲爱的敌人》《进入盛夏之门》和《狮子、女巫和魔衣橱》里看见过你。为什么要写纸条呢？这种感觉就像寻宝，第一学期，我每次借书都很期待看到你的纸条。

　　真智又看了一眼那本书的借书卡，发现并没有新的名字。那个人果然没在借书卡上登记名字。虽然不做登记擅自借书不算好事，可那个人这么做或许是有原因的。想到这里，真智便对那个原因产生了强烈的好奇。

　　第二天放学后，她在图书室的第五卷里找到了回复。夹在第四卷里的纸条也不见了。

　　有些话无法对别人说，却能写在纸条上。

　　这种感觉就像交到一个笔友。第一次对话耗费了整整一个礼拜，现在只需一两天便能得到回复。然而《纳尼亚传奇》到第七卷《最后一战》就结束了。这样一来就没有可以夹纸条的书了。于是，真智带着祈祷的心情，在第六卷里放入了这样的纸条：

　　下一本就是最后一卷了，可我还想跟你说说话。

　　第二天，第七卷里就有了回复。看到内容的瞬间，真智心里充满了暖洋洋的感觉。

那不如换到《百科事典》吧？

她匆忙找到《百科事典》所在的位置，那里密密麻麻地放着许多书本——整个图书室里卷数最多的恐怕就是这套书了。看来那个写纸条的人跟真智一样喜欢上了两人之间的通信，也希望能够长期继续下去。

她翻开《百科事典》第一卷，里面的纸条上写着：

谢谢你找到我。请你继续给我写信吧。

文化祭除了班级合唱，每个社团也会组织活动。科学部决定展出活动成果，主要是第一学期制作的香皂等物品。

真智正忙着在绘图纸上写展览时用的文字，身后突然传来奏人的声音。"需要帮忙吗？"他说着就在旁边坐下，开始用马克笔给真智写的文字描边。

图书室的纸条究竟是不是他写的，这个想法依旧在真智的脑子里绕来绕去。如果是，现在看到真智的字，奏人会不会发现她就是跟自己通信的人呢？她带着希望奏人知道同时又有点害羞的心情继续手上的工作，然而奏人却什么都没说。

"你看过《纳尼亚传奇》吗？"

她试着问了一句，想看看奏人的反应。借书卡上的名字表明，他第一学期借阅过《狮子、女巫和魔衣橱》。

可是奏人面不改色地回答道:"嗯,小学看过。那套书我家也有,你没在书架上看到吗?"

"啊。"

"前段时间我想重看一遍,可第一卷怎么找都找不到,就去图书室借来看了。不过第二卷以后我家都有,如果你想看,我可以借给你啊。"

"……不用了。我都在图书室借到了。"

听了真智的回答,奏人也只是点了点头,并没有什么特殊的反应。

原来奏人只借过第一卷。

从第二卷起他家里都有,那不就没必要到图书室借了吗……

想到这里,真智猛地回过神来。写纸条的人,莫非不是奏人?

往昔之歌

我们在风中,迷失了方向,依旧要蹒跚前行。

尽管已经双脚分开与肩平行,站稳了脚跟发声,但可能因为是清晨练习,身体尚未完全进入状态,大家在演唱时都能听出声音没能完全发出来。

此时女高音部正在练习文化祭上要演唱的《往昔之歌》。

先在风琴的伴奏下过了一遍,第二遍是正式练习。唱到一半,教室后门打开,女高音部的队长琴穗探头进来。

"对不起!训练完收拾得有点久,我来迟了。"

"——没关系,重新开始吧。"

练习很快重新开始,琴穗加了进来。可就在歌声响起前,真智听见身后传来窃窃私语:"琴穗同学总是迟到呢。"虽然说的不是自己,她心里还是"咯噔"了一下。就算脑子里知道不能偷听,耳朵还是不自觉地追着那个声音听了下去。

"明明是队长还经常迟到,到底有没有干劲啊。"

琴穗早上练习时经常迟到，放学后也总是以社团活动为借口提前离开，丢下还在练习的其他人。

唱完整首歌，各个声部会聚在一起讨论自己那部分有什么不足。

教室一角传来女低音部的声音。她们听起来比女高音部要整齐，这样下去合并练习时音量恐怕要被盖过去，说不定还会被带跑调，真智担心地想着。与此同时，女低音部队长南的声音显得尤为清亮。

真智正看着南那边，琴穗却在旁边找她说话了。她本以为是要探讨合唱的问题，结果转过头去，却听到琴穗没头没脑地问了一句："你问了吗？"

"问什么？"

"南跟恒河的事情。你们暑假不是一起做了自由研究吗？那两个人有没有在交往？"

琴穗压低声音，想与她攀谈毫不相关的话题。

听到这句话，真智埋在心里的众多感情猛地动摇了。

"明明是队长还经常迟到，到底有没有干劲啊"——她想起刚才听到的那个声音，不由得感到悲伤。老实说，真智也希望琴穗能认真参加合唱练习。

"好好练习，好吗？"

脱口而出的话，在她自己听来都显得有些冷漠，把她吓了一跳。琴穗"啊"了一声。

见她一脸茫然，真智又忍不住开口了。

"认真点吧,琴穗。你刚才迟到了,现在又闲聊不相关的话题,好像一点都不觉得对不起大家。"

琴穗瞪大了眼睛,光从表情就能看出,真智的话让她很震惊。意识到这点后,真智突然感到嗓子发苦,紧接着全身开始发热。她低下头,从琴穗身边走开了。

过了一会儿,背后传来琴穗的回答:"知道了。"她的声音里饱含令人意想不到的诚恳,就算不回头看,真智也能感觉到琴穗的低落。

没等她回答,就听到别的同学说:"我们再来一次吧。"合唱的练习再度开始。

这一次,真智很难发出声音,连呼吸都不太顺畅。

练习结束后,她往琴穗那边看,发现她正低头走向自己的座位。真智感到胸口传来一阵隐隐的刺痛。

就在此时,有人叫了真智的名字。是刚才抱怨琴穗迟到的女生。

"刚才真是谢谢你了,有真智这样认真的好孩子去说她,我们都松了口气。"

真智摇着头,压低声音回答了一句"不用"。她并没有做什么值得感谢的事,反倒很在意一个人默默落座的琴穗。

那天,真智跟琴穗在同一间教室里度过了尴尬的一整天。

"真智,你怎么了?没精打采的。"

"没有啊。"

即使南来问,她也只是摇摇头。她不想跟任何人说话。

一个人回家前,她先到图书室去还书。刚一踏入充满书香的圣地,真智就感到全身力气都被抽空,突然想哭了。她不知道明天该如何面对琴穗。明天还要继续合唱练习啊。

就在此时,她的目光停留在陈列在图书室深处墙边的《百科事典》上。她跟那个看不见的人之间的通信。该轮到真智留下纸条了。

她拿起一本书,写下一封比平时要长许多的信。

每次听到别人夸我认真,是个好孩子,我心里虽然知道那是夸奖,却还是会莫名其妙地痛苦。尽管有的人会把不懂拒绝当成我的善良,可我其实只是害怕被讨厌,才那样做的。我就是个胆小鬼。

第二天晨练,琴穗不但没有迟到,还提前到了。

她站在大家面前,仿佛什么事都没发生过一样,用开朗的声音招呼大家练习。还像平常一样对真智说:"真智,早上好。"

她的声音让真智松了口气,也对她说了声"早上好"。可真智还是担心,琴穗会不会在勉强自己呢?

那天放学后,真智匆匆走进图书室,压抑着狂跳的心拿起书本。那个人究竟会如何回应她昨天写下的那一大段话呢?每次想到这个,她就忍不住期待,同时又有点害怕。

翻开书页,已经有回复了。比平时要长。

我觉得,那些不懂拒绝,无法清楚表达自己的人都很坚强,因为他们不想伤害别人,所以将别人的伤痛也背负在自己身上了。你要加油。

——你要加油。

读到这里,真智的心中涌出一股暖意。

她抽出纸条,把书放回原处。一遍又一遍地反复细读,然后仿佛捧着护身符般把它按在了胸口。便笺上的字迹似乎还带着一丝余温。

第二天练习时,真智鼓起勇气,主动对琴穗说了"早上好"。琴穗正在放练习用的磁带,听到真智的声音吃了一惊,随后看向真智,缓缓吐出一口气,露出微笑。

"早上好,真智。今天也要加油练习哦。"

"嗯……你把磁带借来了?谢谢。"

"怎么说也是队长嘛。"

琴穗好像有点害羞,把头别开了。

从那天开始,女高音部的成员渐渐都能唱出音量来了。

文化祭当天的合唱,是所有练习中声部配合得最为流畅的一次。

女低音完全不输给男声。真智跟旁边的琴穗也唱出了共鸣的感觉。

唱着唱着，真智发现一件事。

跟南所在的女低音部不一样，真智她们的女高音部迟迟没能选出队长，后来是琴穗主动举手自荐的。尽管当时真智并未多想，可现在想来，那会不会是琴穗担心没人站出来当队长，会妨碍后面的练习，才主动接过了这个麻烦的工作呢？

如果是真的，真智想，那就是非常勇敢的举动啊。

  我们在风中，迷失了方向，依旧要蹒跚前行。

真智一字一顿地咀嚼着歌词，心里默默说了声"谢谢"。谢谢琴穗，谢谢给她回信的那个人。

合唱结束后，琴穗主动对她说："我们成功了。"其他年级的学生对他们报以热烈的掌声，仿佛是合唱成功的证明。

"嗯。"真智点点头，与琴穗同时比了个胜利的手势。

回到教室坐下，南也转过来对她说："真智，你很努力呢。我听女高音部的同学说了，是真智让练习变顺利了。真棒！"

"其实我什么都没做。真要说的话，南同学不也带领女低音部获得了成功嘛。你平时也比我厉害多了。"

"没那回事。真智很少直接对别人发出警告，我觉得啊，真智是不愿意伤害别人，是个心地善良的女生。这么温柔的人主动去告诫别人，肯定比我平时做那些事要多花好几倍的勇气。所以真智太厉害了。"

"怎么会……"

真智害羞地低下头，而在她感动之时，南说的一句话突然闯入了内心最柔软的角落。

她心里一惊。

南刚才说的话，与图书室里的回复有几分相似。

平时很难清楚表达自己。不愿意伤害别人。都是鼓舞了真智，充满了力量的话语和想法。

她说不出话来，只能一动不动地看着南的脸。然而此时，南已经转过了头。

真智搜寻着脑中的记忆。

《纳尼亚传奇》第二和第三卷。那个人头一次回复真智的那本书。那天早上，书刚刚放回到架上，而南就站在那个书架前。时机如此巧合，仿佛南就是还书的人。

真智心里乱糟糟的，一个可能性突然浮现在脑中。

——留纸条的人，莫非是南？

迈出第一步

文化祭结束后,随着十二月新人战渐渐逼近,教室里的紧张气氛也随之高涨起来。夏季大赛未能上场的一年级学生中,也已经出现能够挑战新人战的黑马了。虽然真智所在的科学部与之无关,但运动部的同学们似乎都很忙碌。

放学后,教室里同学们的谈话多了许多有关社团的话题。加入运动部的同学们脸上都多了几分兴奋。看来他们虽然训练忙碌,却能乐在其中。

一天,换好了运动服的南满脸歉意地叫住了真智。

"真智,今天……"

真智正准备去参加科学部的活动,听到南的话马上会了意。自从两人暑假约好之后,她跟南多次一起去拜访高坂纸音家。她们会挑双方都有社团活动的日子结伴前往,这早已成了一种习惯,看来今天南也打算叫真智一块儿去纸音家。

南说:"纸音那边,我今天还是一个人去吧。因为新人战快到了,田径部斗志特别高涨,训练时间可能会比科学部长,结束得要晚。"

"这样啊。"

"嗯……所以可能要很晚才能去纸音家。"

在文化祭的合唱训练期间,南和真智也到纸音家去了好几次。然而还是跟第一天一样,出来应门的只有纸音的母亲。

第一学期刚开始时,帮自己剪掉疏缝线的那个女生,如今可能一个人闷在房间里。想到这里,真智不禁感到心里一紧。

"不如我一个人去吧。"

真智说完,南吃惊地喃喃了一声:"啊?"

"高坂同学家,我已经跟南同学去过好几次了,今天一个人去也没问题的。南同学,你准备新人战一定很忙吧,明天一大早不是还有晨练吗?"

"话虽如此,可我实在不好意思让真智一个人去啊。你家方向又不一样。"

南的话说到一半,真智背后突然传来一个声音:"那我去吧。"她回头一看,不由得吃了一惊。

是琴穗。

真智与南面面相觑。

琴穗又对二人说,"我跟真智一起去吧。篮球部今天应该不会像田径部那么晚,真智只要稍微等我一会儿就好了。南,你就交给我,放心去训练吧。"

"那确实很好,可是——"

琴穗飞快地摇头，打断了南的话。

"南啊，你这人非常可靠，这倒是没什么。只是我觉得，你把太多责任揽到自己身上，过于勉强自己了。照这样下去，总有一天你会受不了的——我听田径部其他的女生说了，今年新人战，你很有希望被选去参赛，对吧？"

南脸上闪过惊讶的表情。琴穗轻叹一声，随后笑了起来。

"那现在不正是加倍努力的时候嘛。你就多信赖我一点……虽然我这个副班长以前靠不住，我也挺不好意思的。"

说着，琴穗又看向真智，略显尴尬地继续道："还把那么多工作都推给真智了。真智，以前真是对不起。我太爱把社团活动当成推卸责任的借口了。其实南在田径部的训练也很辛苦，却一直认真完成班长工作，还坚持到高坂同学家送资料，我说那种话实在太过分了。"

琴穗道完歉，有点害羞地垂下了目光，南则露出了不知所措的表情。过了片刻，她才有点不好意思地看向琴穗说："没问题吗？你真的方便替我去？"

"嗯。"

琴穗挺起胸膛，点了一下头。

真智惊讶地看着两个人，脸上渐渐露出微笑。她觉得，那个犹犹豫豫道谢的南真是太好了。

南平时总是这么可靠、独立，如今却愿意让别人来帮忙，这让真智感到很高兴。

跟琴穗两人走在去纸音家的路上，真智再次对琴穗道了谢。

"刚才真是谢谢你了，我觉得南同学很高兴。"

琴穗走在她身边，笑了笑。

"因为南实在太完美了嘛。你别看她做这些事信手拈来，其实应该很辛苦的。"

"我也这样想过，但是说不出口。今天琴穗主动说出来，真是太好了。"

"没什么，我觉得啊，南自己都没发现在勉强自己。有时候反倒是跟自己有关的事情最难察觉了。就像我一样。"琴穗挠着头，又说了一句，"对不起。我身为队长，却对合唱的练习最不积极。还是被真智说过之后，我才猛然醒悟的。"

"那天对你说了这么过分的话，我才应该说对不起。"

真智慌忙道歉。

琴穗却歪着头反问："是吗？一点都不过分啊。平时很低调的真智都忍不住开口，让我不由得反省自己是不是太过分了——谢谢你了。因为你没有在背后悄悄议论，而是当面向我提出来，这样反而更让我高兴呢。"

"怎么会……"

真智感到脸颊发热。

——我想改掉无法清楚表达自己意见的性格。

这是今年四月，真智升上初中时定下的目标。如今她似乎朝这个目标迈出了第一步，不禁感到心中洋溢着暖洋洋的欣喜。

听了琴穗的心声，真智也想说出自己的心声。她想说说自己的心事了。

"其实我有点讨厌别人说我是'好孩子''很认真'。"

刚才琴穗也说她"平时很低调"。很低调、很善良、好孩子，这些明明都是称赞，却会让真智感到透不过气来。只见琴穗惊讶地看着她。

"为什么？"

"因为我担心，周围的人是不是都觉得我是无法清楚表达意见的人，相处起来很无聊，一点意思都没有。"

说着说着，她感到内心的大门渐渐敞开了。她本以为这是绝对不会对任何人说的话，如今话语却像插上了翅膀。琴穗依旧满脸惊讶，听到最后还长长地叹息了一声。

"对不起，我总说真智是个'好孩子'。虽然我本意是夸奖，可太不考虑你的心情了。"

"没什么，确实也是我自己多心了。"

"我之前还以为学习好的人没什么烦恼，所以很羡慕真智呢。"

"啊？琴穗这么擅长运动，又有很多朋友，我以为你这样的人才没什么烦恼呢。"

两人都惊诧不已，又都不约而同地笑了起来。

"其实，我真的很想加入田径部。"真智又鼓起勇气说出了心里的秘密，"现在的科学部很有意思，我并没有后悔加入。只是，四月的我因为缺乏勇气……"

当时她太在意琴穗说的话了。田径部的训练很严格，前辈也很可怕，最好别去……不过琴穗本人应该不记得四月说过的话了吧。尽管如此，那些话还是让真智打了退堂鼓。

果不其然，琴穗只是若无其事地"嗯"了一声，然而下一个瞬间，她却说了令人意外的话。

"田径部啊……真智确实从小学就很擅长长跑呢。"

"啊？"

"我在马拉松大赛和体育课上注意过你。我一开始会拼命往前冲，到后半部分就喘不过气来，然而真智很有耐力，节奏一点都不乱，从头到尾始终保持着自己的步调。当时我就想，你真厉害呀。"

真智一时不知该如何回应。一段文字在她心中闪过，那是看不见的那个人在书里留下的纸条。

"如果我努力，他们会看我吗？"

他们会看你的。

真智在心中回应。一定会有人，在某个地方看着你。她握紧拳头，看着琴穗，说："谢谢你。"

"哦，今天是真智同学，还有……"

"我叫光田，光田琴穗。"

琴穗站在纸音家门口，对她母亲行了个礼。

"我是副班长，今天代替南来送资料。"

"是嘛,真是谢谢了……你们稍等哦。"

女主人去告诉纸音琴穗来了。可是过了一会儿,重新出现的纸音母亲脸上却带着有点阴郁的表情。

"她好像很不舒服,暂时出不了房间。难得你们跑一趟,真是对不起了。"

"没什么,请替我们向她问好。"

离开纸音家时,两人一言不发。真智回头看向此前还会摇晃几下的窗帘,今天却纹丝不动。

(就像我一样,一定也有人会看着高坂同学啊。)

她想起无论社团活动多么忙碌,也一定要到这里来的南。真智和琴穗也打算以后继续来拜访。

以前也有这个打算,但如今更加坚定了。

上个月的文化祭,合唱表演时重叠的歌声。

真智也想让纸音一起歌唱。明年班级就要重新分配了,如果没有留下任何回忆,就这样被分到不同的班级,实在太寂寞、太令人沮丧了。

她打心底里希望纸音能来上学。

某人的秘密

"听说今年田径部很不错哦!"

琴穗走向真智旁边的座位,拍了一下南的肩膀。新人战结束后的第二天,同学们都在谈论运动部的活跃。

南作为一年级出战的唯一选手,参加了昨天新人战的八百米项目。她开朗地回答:"嗯,虽然我没拿到奖牌。不过前辈们都太厉害了,看到他们我就想,一定要加倍努力,为来年做好准备。"

"我还听说,男子接力成绩很棒呢。"

"是啊,最后一棒的朋彦前辈那段超越特别精彩,有几个一年级的同学都感动哭了。"

"哇。"

真智也感慨地点点头。学校规定,新人战当天,文化部的学生都要在学校自习,不过她真的很想去替他们加油,也很想看看南和前辈们在赛场上奔跑的英姿。不过……

(南同学的表情真棒。)

虽然没有拿到奖牌,但她一定用尽了全力奔跑,此时她脸上就流露出那种无悔的畅快。太好了,真智放下心来,又感到一丝艳羡。

"真智也很擅长中长距离跑哦。"

琴穗突然说了一句。真智不假思索地摇着头说:"没有那回事啦。"

琴穗可能记住了上回去纸音家途中真智对她说的那些话。可是她的水平放在南这个田径部队员面前,根本算不上"擅长"啊。

真智正低着头,却意外听到上方传来高兴的声音。"真的吗!"她抬起头,发现南在微笑。

"其实我也一直喜欢长距离多于短距离。喜欢长距离这种话听起来可能很奇怪,不过我在想,寒假里除了社团训练,我自己也要出来跑一跑。"

听了南的话,真智感到背后仿佛蹿过一股电流。

"我也想跑!"

大声说完后,真智才猛地回过神来。太丢人了。南和琴穗都呆呆地看着她。她慌忙解释道:"我可能跟不上南同学,会拖你的后腿,可是,如果你不介意,放寒假时——我想跟你一起跑。"

突然说这种话,会被人笑话吧。真智按捺着疯狂的心跳和内心强烈的不安。然而下个瞬间,只听南"嗯"了一声,冲她点了点头。

"好啊,我们约好一起跑吧。"

"谢谢。"

真智松了口气,也学着南的样子,用力地点了一下头。

这天换教室时，南在走廊上对擦肩而过的二年级学生打了声招呼。"朋彦前辈，美晴前辈，你们好！"对方是一位看起来充满活力的学长和一位性格稳重的学姐。两人停下来，分别对南说："哟。""昨天辛苦啦。"看到他们脸上的笑容，站在旁边的真智心里激动起来。他们的笑容都很温柔。

"刚才那是田径部的前辈吗？"待他们走远后，真智问了一句。

南回答道："是啊。田径部的前辈们都很和蔼，而且很帅。"

"嗯，那些二年级的前辈虽然跟我们只差一岁，却显得特别成熟。"

"我也觉得。"南看了一眼前辈们离开的方向，话锋一转，"不过——我们迟早也会升上二年级、三年级，明年开始就有人叫我们'前辈'了。这种感觉真不可思议啊。搞不好刚才那两位前辈，曾经也有过跟我们一样的烦恼呢。"

"啊，对呀。"

无论外表看起来多么可靠，可能都会怀有心事，时而迷茫，时而又像南说的那样产生烦恼。在真智看来一直开朗外向的琴穗前不久就坦白了心中的烦恼。

正想到这里，琴穗正好跟朋友一起向这边走来，她叫了一声："南！刚才那是不是昨天在接力赛上大展身手的朋彦前辈啊？他有没有女朋友呢？"

"我也不知道。不过他好像跟美晴前辈关系很好。"

"朋彦前辈好帅啊。真智你觉得呢？"

"啊？"

真智正在努力回忆刚才擦肩而过的那位前辈长什么样子，只听琴穗继续问道："莫非真智更喜欢安静的男生？"

顺着琴穗的目光，真智看见了跟恒河走在一起的身材颀长的奏人，慌忙回答："我不知道。"就在这一瞬间，她感到胸口仿佛有什么东西压着，有一丝钝痛。

第二学期开始，借着图书通信的次数变得越来越多了。

今天能否在《百科事典》的下一卷里找到回复呢？

自练习合唱时让真智受到鼓舞的那张纸条以来，那个人的回复就变得断断续续的了。莫非最近他不常到图书室来吗？或许那个人也加入了运动社团，正为准备新人战而非常忙碌吧。

寒假即将到来，届时图书室里的通信也要暂时中断了。真智从一排排《百科事典》中抽出上回通信的下一卷，发现里面夹着眼熟的细长便笺纸。

来了！

她高兴地拿起纸条，可读到内容的瞬间，真智惊讶得瞪大了眼睛。

明年我可能来不了了。

（怎么回事？）

真智脑子里冒出的头一个想法，是自己会不会做错了什么。她是否无意识间在信中写了冒犯对方，令他感到不快的内容？可无论她怎么回忆、怎么思索，都想不到是什么让那个人生气了。

虽然吃了一惊，她还是取出便笺纸开始写回复。可是脑中一片空白，仿佛感觉不到握着铅笔的手。

"为什么？"仅仅写下这三个字，便耗费了她全部的力气。

接下来就是寒假了，真智暂时无法看到回复。

那天真智恰好是值日生，放学后，她把黑板擦干净，一个人坐在教室里，翻开班级日志发着呆，紧接着，脑中突然闪过一个想法。

她凝视着写到一半的班级日志，缓缓咽了一口唾沫。

班级日志每天由值日生填写。从第一学期开始，基本上全班人都写过这本日志了。她从书桌抽屉里拿出今天刚从图书室带出来的纸条。

（那个人可能是一年级五班的……）

打定主意后，真智便从班级日志第一页开始逐一对照。这里面会不会有与那个人相似的字迹呢？她翻过一页又一页，好几次都感受到正在打探他人秘密的罪恶感。尽管如此，想知道对方是谁的心情依旧占了上风。

跟所有人的字迹都对照了一遍后，她的结论还是跟暑假自由研究时一样。字迹最像的是奏人，但又找不到完全相同的例子。南的字感觉不太一样。

她又把纸条上的字跟奏人的字对比了一遍,然后发现——

在"ら"的写法上,写纸条的人习惯把上面那一点写成竖线,而奏人写的"ら",那一点是横着写的,还几乎贴着下面的部分,跟数字"5"有点像。写法明显不一样。

没能在班级中找到写信的人,这让真智有些失望,同时又松了口气。

就在此时……

"塚原,你还在啊。"

突如其来的声音让真智绷直了身子,回头一看,原来是奏人。她正好翻到奏人写的班级日志那一页,慌忙把本子合上了。随后,她惊慌失措地回答:"今天我值日。"短短一句话说下来,腋下已沁出不少冷汗。

"是吗,辛苦你了。"

"奏人君呢?"

"我?我啊……"

他含糊地笑了笑,想糊弄过去。真智觉得这不太像平时的奏人,正要询问时发现他已经收拾好东西,提着书包快要走出教室了。看着他的样子,真智不由得退缩了。

那个看不见的、身份不明的笔友。

莫非,与那个人的联系就要如此断绝了吗?想到这里,真智开始恐慌。她想找人问问看。

"对了,奏人君。如果有个人正在为一些事情烦恼,我们该怎么办?而且那个人还是刚认识不久,关系不算亲密的朋友,我们还没对彼此了解到能够问出那种问题的程度——突然问这么奇怪的问题,真是对不起。不过我想知道,如果是奏人君会怎么办?"

突然被真智这么一问,奏人有点目瞪口呆。但真智一直盯着他,奏人便张了张嘴,随后换上了认真的表情。

真智想,现在自己脸上可能是一副快要哭出来的表情吧。

奏人回答道:"如果是我,至少会问对方究竟在烦恼什么。即便关系不算很亲密,但塚原心里是想跟那个人关系更好一点的吧?"

"啊……"

"当然我也不知道自己能不能好好问出来。如果是恒河那家伙,肯定会毫不犹豫地开口,非常干脆痛快吧。"

说完,奏人微笑一下,道了声"再见"转身便要离开。真智猛地回过神来,对他说了句:"谢谢。"与此同时,她也醒悟了。

听了奏人的话,她才头一次意识到这一点。

真智想跟写图书室纸条的人做朋友。

信的另一端

神社参道上挤满了人。

"好多人啊。"南看了一眼真智说。

"嗯,我们还要多久才能走到大殿啊?"

寒假开始后,真智与南按照约定,每天早上都会相约跑步。今年到神社初拜,也是两人结伴同行。

"你瞧,那边走过来的是不是琴穗他们?恒河也在。"

"啊,哪里?"

真智踮起脚,顺着南的视线望去,发现琴穗跟几个篮球队的人已经参拜完毕,正在往回走。再看她们身后,真智的心猛跳了一下。是恒河,还有奏人。

"真智,南,新年快乐。"

琴穗故作郑重地问候了她们。真智两人也笑着模仿琴穗,煞有介事地说了句:"新年快乐。"

她们对随后过来的恒河与奏人也问候了新年,恒河大喊一声,朝这边用力挥手。"你许了什么愿?"南正问着恒河,奏人压低声音对真智说:"塚原,最近怎么样?"

"嗯,怎么突然问这个?"

"寒假前看你好像情绪挺低落的。"

可能因为她那天找奏人问了图书室通信的事吧。他一直在担心我吗?真智心里有点高兴。"谢谢。"她对奏人说,"自从那天跟你聊了天,我好像清楚自己想要什么了。"

跟奏人他们道别后,很快就轮到真智两人参拜了。真智虔诚地合起双手,闭上眼睛。

(去年我过得很开心。)

她在脑中回忆着自己跟南、恒河,以及奏人一起做的自由研究,以及图书室的通信。真不敢相信,那些都已经是"去年"的事了。

(希望今年也能像去年一样好。)

如此祈祷过后,她拍了两下手。

真智决定,等新学期开始,她先要去一趟图书室。跟奏人的那番对话,令她下定了决心。

翻开《百科事典》,那个人还没给她回复。真智又抽出下一卷,夹进了一张纸条。

我是一年级五班的塚原真智。能告诉我你是谁吗?

真智想跟那个人做朋友，如果他有烦恼，真智希望知道。

几经思索过后，她得出了结论——她决定把自己的名字告诉那个人。

从图书室回到教室的途中，她听见走廊上有人叫了一声"塚原同学"。回头一看，原来是隔壁班的女孩子。真智知道这个人，但从未与她交谈过，名字好像叫美浜吧。

"我们能谈谈吗？"

她眼睛亮亮的，似乎含着泪水。真智心中惊疑，点点头"嗯"了一声。

"你在跟奏人君交往吗？"听到这句话，真智的脑子里一片空白。还没等她"啊"上一声，美浜同学又说了下去。

"第二学期末我对奏人君表白了，可他没答应……所以我就一直惦记着，他是不是另有喜欢的人了。塚原同学平时跟他关系那么好，我又看见你们一起去神社初拜。莫非，塚原同学喜欢奏人君？"

"不是的！"

真智不由自主地提高了音量。初拜那次只是碰巧遇见了。奏人性格温柔，头脑又好，让真智总是容易依赖他，可是——陷入混乱的同时，她也发现了，还是多亏了奏人，她才做出重大的决定，并付诸行动了。

想到这里，她竟说不出话来。

她再也无法正视美浜同学认真的眼神。

有女孩子对奏人表白了。

——有可能就是在第二学期的最后一天,也就是真智放学后找他谈心的那天。当时就觉得奏人有点奇怪。

光是心里想想,真智就感到胸口一阵钝痛。

"你是不是喜欢奏人君?"

"——我不知道。"

面对美浜同学的第二次追问,她突然无法清楚地回答了。

第二天午休时,真智走到图书室,发现班上的几个男孩子正在《百科事典》的书架前打闹。

外面在下雨,他们可能是去不了操场才跑到这里来的。那几个人让她产生了不好的预感。罕见的是,琴穗也在图书室里。

这下她就不能去看昨天那封信有没有回复了。真智正伤脑筋,却见一个参与追打的男同学失去平衡跌倒在地。他撞到旁边的书架,一本《百科事典》掉了下来。

啊,真智倒吸一口气,感到双腿仿佛被冻住,全身的血液都流走了。那正好是真智夹了纸条的书。看见对方写的"明年我可能来不了了。"真智回复了一句"为什么?"那张纸条至今没有得到回复,还夹在那本书里。

男同学们一边说着"唉呀""小心点嘛",一边把掉在地上的书捡了起来。就在这时,真智写的纸条从书页间滑落下来。

"咦?"

求求你,别看!

她在心里发出一声呐喊,但祈祷并未应验。其中一个男孩子大声念出了真智的信:"这是啥?上面写着'为什么?'呢。"

她感到浑身无力。被同学大声念出信的内容,真智羞得脸上快要着火了。

"这是什么?信?"

"说不定别的书里也有呢。"

他们玩心大起,又把手伸向旁边那本事典。真智已经不敢睁开眼睛了。下一本书里夹着真智写了自己名字的信。马上就要被发现了……她紧紧闭着眼睛,可就在此时——

"你们几个别在图书室里闹好吗!"

她听到琴穗的声音。真智猛地睁开眼,看向琴穗。几个男同学也吃了一惊。

"没见老师也很为难吗?要闹去体育馆闹。"

管理图书室的老师坐在柜台里面露苦笑。男孩子们尴尬地把《百科事典》放了回去,随后小声对老师道歉,离开了图书室。

现场只剩下先前滑落在地的真智写的那张纸条。没等真智有所行动,琴穗就走过去把纸条拾起来,凝神看了一会儿,脸转向真智。

"这是真智的字?"

既然是琴穗,她也就放心承认了。真智一言不发地点点头,琴穗安静地笑了。

"果然是啊。真智刚才看着那几个男同学,脸上一点血色都没有,我就有点起疑心了。真智的字这么漂亮,一眼就能认出来。"

"……谢谢你。"

她总算能说出话来了。

真智想起第一学期刚开始时,琴穗就以"字很好看"为由推荐她做书记。当时她很不喜欢那种随波逐流接受任命的感觉,可如今看来,那是因为琴穗一直都很认真注意自己写的字。她心里突然充满了感激。

"这是很重要的东西吗?"

"嗯。"

她点点头,翻开了下一卷事典。那里面夹着真智昨天刚写的纸条。

　　我是一年级五班的塚原真智。能告诉我你是谁吗?

然后,那里还多了一张纸条。

看到内容的瞬间,真智倒抽了一口气。

　　我是高坂纸音。

仅此一句。

"这是什么?"

琴穗在旁边探头来看。真智感到喉头一热,她再也无法把这一切藏在心里了。

"琴穗,不好意思,能拜托你把南同学他们叫过来吗?"

"他们?"

"就是南同学,还有——"

恒河,以及奏人。

他们是真智最信任、能倾诉的朋友。琴穗看着真智,点头说了一声:"知道了。"

真智把借助图书通信的事和盘托出,四个人认认真真地听到了最后。就连平时聒噪的恒河也一言不发地听真智把话说完了。

"然后,今天我就看到了这个。"

真智把手里的便笺纸放到所有人面前,并指向纸音的名字。

"我今天才知道,原来跟我通信的人是高坂同学。"

真智在纸条上写了班级,而纸音只写了名字。不知为何,这让她感到无比寂寞。莫非纸音并没有把一年级五班当成自己的班级吗?

"真智。"南拿起纸音的信,头也不抬地说,"这确实是纸音的字。我上小学时看过很多次,应该没错。"

"高坂同学一直在图书室借书?原来她会到学校来啊……"

南犹豫着点了点头。

"纸音好像经常在我们上课的时候到保健室或图书室去。我还帮她借过书送到家里。有时去送讲义，她妈妈还会请我帮忙还书。其中确实有刚才真智说的《进入盛夏之门》和《纳尼亚传奇》。虽然我不知道她在跟真智通信。"

南小声叹了口气。

"她好像跟图书室申请过，可以不在借书卡上写名字。真智之所以没看到名字，可能就是因为这个。"

"她为什么不想写名字？"

听了恒河的提问，南垂下目光。

"她好像是说，不希望让大家知道自己没去上课，却一直往图书室跑。"

"高坂同学为什么不想到教室来？她小学时不会就这样吧？发生了什么事？"琴穗跟着问道。

南沉默了一会儿，最终扛不住另外四人盯着她的压力，慢慢地说了起来。

"纸音唱歌很好听。"

"嗯。"

真智点点头。

南继续道："她报了外面的声乐班，说想系统地学习唱歌，还专门去考了大力发展音乐教育的私立初中，结果却在技能考试上失败了——最后才来了我们这里。因为她准备考试时特别拼命，落选后反而更加羞愧，直到现在还担心班上同学是不是都知道了这件事。可能是因为这个，她才不敢到教室来。"

"怎么会……"

"真智最开始在图书室找到的纸条上,不是写着'樱花零落'吗?"

"嗯。"

南的眼中闪过一丝伤感。

"那是以前用电报通知坏消息时习惯用的句子。比如落第这种消息。"

听到这里,真智感到心里一沉。

不仅是真智,在场所有人都产生了同样的心情。就算不去一一确认,她也能清楚感觉到大家的共鸣。

樱花，盛放

寒假结束后，真智在图书室与南等人聊了纸条主人的事，后来，真智又和南、琴穗一道拜访了纸音家。

纸音依旧不愿出来见她们，不过那天，她们鼓起勇气问了纸音的母亲。

"我们要怎么做，才能让纸音愿意到教室来呢？"三人齐声说道。

纸音母亲先是面露惊讶，随后轮番看了看真智等人的脸。过了一会儿，她小声说："谢谢你们。"随后这样说道，"纸音说……一想到考试失败，她就迈不出脚步了。再想到以前的好朋友知道这件事，她就无法面对小南。真对不起，我觉得那孩子太痛苦了。"

说到这里，纸音母亲的声音突然哽咽，眼里也噙着泪水，让真智一时不知该如何是好。

"她应该不是不想见大家，只是每次一下定决心去教室，就会突然犯恶心或者肚子痛。那不是装病，而是真的。我们现在正商量着，要不四月开始就让她住到奶奶那边去，上别的学校……"

"啊？！"

看着面面相觑的真智三人，纸音母亲又无奈地低下头，对她们说："平时总麻烦你们过来，现在变成这样，真是对不起。"

真智想起了那封信的内容——明年我可能来不了了。

原来，那是要转学的意思吗……

三人几乎一言不发地离开了纸音家。

"高坂同学肯定是个特别拼命、对自己特别严格的人吧。"回家路上，琴穗说道。

真智和南抬起头来，发现琴穗正闷闷不乐地回头看着纸音家。

"她肯定跟我不一样。她是个想问题特别认真的人。"

"纸音她可能……"南接过话头说，"因为无法原谅自己的失败，所以才非常痛苦。不过她在努力重新振作起来。"

"毕业生欢送会 表演项目"，南在黑板上写下这行字，拍拍手上的粉笔末转过身来，对大家说："同学们有什么提议吗？"

下个月举办的毕业生欢送会，将以每个班为单位，在体育馆舞台上表演欢送毕业生的节目。

二月的第一场班会。担任书记的真智要把大家的提议写在黑板上。

（前辈们都要毕业了呀。）

这同时意味着，她已经与班上的同学们一同走过了一个四季。明年她就要跟现在的班级告别，分到新的班级去了。

我是高坂纸音——跟在书里与她传书的纸音也当不了几天同班同学了。

南的声音再次响起。"还有别的提议吗?"

这时,真智脑中突然闪过一个想法。灵光一闪的瞬间,她举起了手。

"真智。"

因为举手的不是坐在座位上的同学,而是站在讲台上的书记,全班同学的目光都集中在了她身上。南也带着吃惊的表情看向她。尽管很害羞,真智还是不假思索地做出了行动。她趁势说了起来。

"我觉得,大家可以把文化祭上的《往昔之歌》再唱一次。那首歌的歌词非常好,应该能向三年级的前辈们表达我们的感谢。"

文化祭那天,所有同学合而为一的歌声。如果那中间能再加上纸音的声音该多好啊。

唱歌很好听,还专门报了声乐班,一直坚持练习的纸音。这是否意味着,她其实很喜欢唱歌呢?

南和琴穗,以及站在旁边的恒河脸上都露出了恍然大悟的表情。真智一看就知道,他们猜到了自己的想法。南张了张嘴,却什么也没说,只是冲真智用力地点了一下头。

"大家对合唱这个提议有什么想法?"

马上有人说"赞成",是坐在座位上的奏人。真智对上他的目光,一股热浪爬到了耳朵根。她在心里默念了一句:谢谢。

奏人的话似乎起到了推动作用,后来几乎全班人都投票同意了真智的提议。这是她头一次当着这么多人的面，清楚地提出自己的意见。

那天放学后，真智走向图书室。

自从那次去过纸音家，她把从图书室拿到的信反反复复读了好多遍。连最开始那张"樱花零落"也重新咀嚼了一番。

纸音写下这行字时究竟是怎样的心情呢？她把自己失败的记忆化作文字，夹在书中，这可能意味着，纸音已经被逼得走投无路、不得不这样做了。而她发出的讯息，碰巧被真智看到了。

文化祭那次，她认真回应了真智的烦恼。两人通过近一年的通信，交换了许多想法。

尽管只有纸上的对谈，但纸音已经算是真智的朋友了。

而纸音之所以回应了真智的感情，或许是因为她也有同样的想法。对纸音来说，报出姓名所需要的勇气，应该比真智还要多很多倍。尽管如此，她还是说出了自己的名字，那是否意味着，纸音真的很想走进教室呢？

真智今天写了一封比平时长许多的信。她把四月入学以后的校园生活都写在了信纸上。

入学典礼后，纸音在教室里帮她拆掉疏缝线时的感动；跟琴穗闹矛盾后发现，无论外表看起来多么无忧无虑的人，其实都怀有各自的烦恼，因此心生反省。

以前成绩一直很好，升上初中后发现自己并不特殊后心里的难受。她知道失败是什么样的心情……

真智花了很长时间写这封信。最后，她带着祈祷的心境，写下这样一句话。

我们一起唱歌吧。我会一直在教室里等你。

她准备像往常那样，把信夹在《百科事典》下一卷的书页里。只是当她拿起书时，却发现里面已经夹着什么东西了。

（高坂同学的回复？）

可是这次应该轮到真智才对。她正准备翻开书页，却意外地听见身后传来奏人的声音。

"那是我写的。"

真智吃惊地回过头，发现奏人——还有恒河、南、琴穗都在。他们手上都拿着纸条。恒河用的是学校发的草稿纸，被他蹩脚地对折起来；南用的则是有点成熟的浅红色折纸；琴穗手上拿着印有卡通图案的信纸。

"太巧了，都没有商量过，大家却产生了同样的想法呢。"

恒河说完，南也在旁边笑了。

"先不说我们，真正让我震惊的是恒河竟然也写了信。你不是不擅长写长句子了嘛。"

"我的信可短了，就几个字。你瞧。"

恒河展开手上的草稿纸，上面只有一句话："樱花盛放。"

是极具恒河特色的、力透纸背的大号字体。就要溢出纸张的夸张字迹引得所有人无奈地看向他。恒河顿时不服气地说："干什么啊，高坂不是在最开始的纸条上写了'樱花零落'，心里烦恼得很嘛。所以我觉得，只要给她写相反的话就好啦。"

"恒河，你太厉害了。"南抽噎一般说着，用力点点头，重复道，"真的太厉害了。'樱花盛放'是人们用电报通知及第等好消息时用的句子，真的是'樱花零落'的反义词啊！"

"真的？那我真的很厉害了？"

"嗯，不过既然是你做出来的事，极有可能是巧合吧。"

"别这样，再夸夸我嘛。"

——樱花，盛放。

看着互相调侃的两人，真智低声喃喃念着那几个字。

那真的是非常好、非常好的句子。希望这句话能传递给纸音。希望我们的心情，能传递给她。

塞了五个人的信，《百科事典》变得鼓鼓囊囊，最后还是大家合力才把它摁回了书架上。

又过了一周，二月十四日，情人节。

真智邀请南陪她一起去买巧克力，南愣了愣，很快就答应了。

真智还记得，南暑假时对她说："如果你真的有了喜欢的人或者男朋友，一定要告诉我哦。"

南问她："你什么时候开始这么想的？"

"不知道……不过他总是愿意倾听我的烦恼,还会不露声色地帮助我。现在回想起来,他那种温柔,我很早以前就注意到了。"

尽管只是对南说这些话,真智还是满脸通红。

地球和火星,水星和木星……这些装点成太阳系行星的圆形巧克力应该很适合送给奏人。跟南告别后,真智走向暑假大家一起做自由研究时常去的奏人家。

"给你。"

奏人刚开门探出头来,她就把巧克力塞了过去。真智觉得脑子里突然一片空白,先前准备好的表白的话都在嘴边消失得无影无踪。

要是他觉得我很奇怪怎么办……

真智低着头,感到手上的巧克力被轻轻地接了过去。她慌忙抬起头。

"谢谢你,塚原。"

奏人拿着巧克力,露出微笑。

"我太高兴了。"

看到这个笑容的瞬间,真智的身体仿佛被暖洋洋的云朵包裹了起来。

"放寒假前,塚原不是问我,如果看到别人陷入烦恼该怎么办嘛。我当时还以为塚原是不是喜欢上别人了……后来才知道你说的是图书室里的信,其实我松了口气。"

"是吗?"

奏人向来遇事冷静，表现成熟，真智还以为他从来不会心怀不安呢。

——无论外表看起来多么无忧无虑的人，其实都怀有各自的烦恼。真智在给纸音的信上写的这些话，此时可能又应验了。

"如果下个月高坂能跟我们一起唱歌就好了。"

"嗯。"

她回想起夹了五封信、变得越发厚重的《百科事典》。纸音何时会看到那些信呢？希望她早日看到。希望她能鼓起勇气，向教室踏出第一步。

"对了——"过了许久，奏人叫了她一声。他脸上挂着苦笑，对不明所以的真智说："我觉得刚才那算是表白了，能告诉我你的回答吗？"

"啊？"

真智瞪大双眼，发出尖细的声音。奏人害羞地转开了视线。真智也要鼓起勇气，她终于明白了自己的心意。

我喜欢海野奏人。

歌声悠扬

三月,刚踏入教室,她就发现了气氛的异常。

早上好,早上好……同学们纷纷对她打招呼,目光却不动声色地关注着教室一角。真智抬头看了一眼教室,猛吸了一口气。

真智座位斜后方,那个靠窗的座位上,出现了一个长发女孩的背影。那个座位到昨天为止还空着,那是纸音的座位。

"真智。"

真智还呆站在教室门口,南和琴穗也走了过来。她们之间无须言语,三人对视一眼,不约而同地点头,心中十分激动。

纸音来了……

她们都按捺狂跳的心,缓缓走向纸音的座位。南叫了一声"纸音",披着长发的背影颤动了一下。

"早上好,纸音。"

真智走到座位前一看,果然是纸音,是去年四月在教室里帮她剪掉疏缝线的女孩子。

"早上好……南。"

仔细一看，眼前的女孩子非常纤瘦，像模特一样漂亮。与人打招呼时还有点生硬的纸音与真智对上了目光。她的脸色好苍白。到底该如何完成这个初次问候，真智和纸音都在犹豫。此时，旁边传来了琴穗开朗的声音。

"高坂同学，我叫光田琴穗，今后请多关照哦。"

纸音惊讶地看着对她伸出手、一脸爽朗的琴穗，片刻后笑了起来。微笑的她就像微风中摇曳的花儿。

"光田同学，上次你到我家来送过讲义吧。谢谢你。还有……"

纸音重新看向真智，慢慢眯起眼睛，叫了一声"塚原同学"。

"真的，真的谢谢你。跟你通信让我很快乐。"

让我很快乐，听到说给自己的这句话时，真智心里突然涌起阵阵炽热。之前她都没注意到，这个女孩的声音非常清澈。音量虽然不大，声音却很饱满，因此穿透力十足。

"我才是……"真智摇着头说，"我们通信时，高坂同学帮了我很多。我一直想当面对你道谢。"

"不。"

纸音微笑着，直视真智的双眼，摇了摇头。

"塚原同学在信里说自己是胆小鬼，可最胆小的其实是我才对。谢谢大家了。我看了大家的信，知道有这么多人都在等我，终于下定决心再次走进教室……跟大家一起唱歌了。"

班上的同学只在一开始用紧张小心的目光注视纸音。随着纸音的一颦一笑，大家仿佛都松了口气，教室里的气氛逐渐缓和下来。

那一天结束时,纸音已经融入班级气氛中,仿佛昨天和前天也都来过一般,变得无比自然了。

科学部的活动结束后,真智正在收拾器材。她看向窗外,放学后的校园比上个月要明亮不少,季节正在变换。

"高坂真的来了呢。"

奏人走到窗边,站在她身边说。

真智抬起头,对上奏人的目光,心里又是一阵悸动。从上个月的情人节开始,真智就会在社团活动结束后跟奏人一起回家。每次被恒河或琴穗调侃,她都会羞得说不出话来,后来南对她说:"真是太好了。"结果她又高兴得说不出话来。

或许,正是因为大家这样的陪伴,真智才发现了自己的心意。

"嗯,高坂同学还说,她明天也会来。太好了。这多亏了大家。"

"是多亏了塚原把大家召集起来。"

"是吗……"

"我很喜欢塚原清楚表达自己意见的样子。"

奏人漫不经心的一句话,让她愣在了原地。

去年四月,她无法拒绝书记的任命,并为自己的优柔寡断烦恼不已——真智当时很想改变那样的自己。她回忆起那天那个微小而迫切的愿望,还有决心。

我真的实现了愿望吗?真智不知如何用话语来描述内心汹涌的

感情,此时奏人把头凑了过来。

"你怎么了?"

"没什么,只是太高兴了。因为我以前一直没办法清楚表达自己的意见,为此有过不少烦恼……"

"是吗?不过你在大事上绝对不会让步。比如高坂的事情,还有毕业生欢送会的歌。明明是书记,却不顾一切在讲台上举手,当时我很感动。"

"真的?"

"嗯。"

奏人与真智一道,看向窗外的校园,然后说:"《往昔之歌》真是首好歌啊。"

下周就是毕业生欢送会了。

在久违的合唱练习时,真智头一次听到纸音的歌声。

在场所有同学齐齐看向纸音。那是与她平时说话截然不同的、极具魄力的声音。

如此纤细柔弱的身体里,为何会潜藏着这么强大的力量呢?

女高音部有了她通透的声音,霎时充满了张力。真智一边歌唱,一边沉醉于纸音的歌声。

"高坂同学,你太厉害了。"

把歌完整唱过一遍后,琴穗马上找到了纸音。听了她的称赞,纸音腼腆地笑了笑。此时南也从女中音那边走过来,对纸音说:

"这么快就能把声音亮出来,看来你一直都在练习啊。"

"因为发声方法有点不同,独唱的方式不能直接用在合唱里。"纸音摇了摇头,害羞地笑着。

"不过你能这样想,我特别高兴。"

毕业生欢送会当天。

站在正式演出的舞台上,指挥者抬起了手。

真智和身旁的纸音都目不转睛地盯着指挥者的手。

这时,真智脑中迅速闪过这一年里发生的事情。新结识的伙伴,考试成绩,自由研究,文化祭,跟南在冬日清晨里跑步,图书室里的通信,还有纸音,还有,还有——

这一瞬间,不用做任何思考的静谧悄然降临。

她准备发出最初的歌声。

我们在风中,迷失了方向,依旧要蹒跚前行。

遥远的天空,大声呼唤着,心中的往昔之歌。

自己的歌声与纸音的歌声,大家的歌声重叠在一起,高高地攀升到屋顶。体育馆窗外是一片晴空,已染上了春天的色彩。真智所在的一年级五班尽情唱出自己的歌声和心情,融入那片清澈辽阔的天空。

三年级毕业了,他们下学年便要升上二年级,五班的同学们也会分开。

她不知道纸音还要不要搬到奶奶家。不过她希望,纸音能以最好的方式找到自己的容身之处。就像真智花了一年时间,慢慢变成了现在的自己。

她把自己的心意融入歌声,祈祷着。

  我们在风中,燃烧着热情,怀抱着美好心愿。
  曾经的悸动,漫溢的回想,珍重的往昔之歌。

唱到最后,听着伴奏钢琴的旋律,真智透过体育馆大门,看到几点淡淡的粉色飘过,顿时感慨。

外面的校园里,樱花开始绽放了。

世间最美的宝石 ———

第一眼看到那个人时,时间仿佛静止了。

并非夸张,感觉就像逼真的电影效果。周围的声音全部消失,她的头部动作,以及发丝在风中飘荡的样子,都深深地镌刻在我的眼底,让我难以忘怀。这完美的画面仿佛把从窗外吹来的五月熏风也染上了颜色。

彼时那人给我带来的心情,已经超越了"喜欢"和"想在一起"。我心里只有一个念头——这真是个画一般的美人,就像电影和照片中出现的、被胶片所偏爱的女神。

我想拍这个人。我心里产生了强烈的愿望。

1

"找到了！找到了！女主角找到了！！"

放学后，我飞奔上走廊，一头撞进技术室，坐在里面的龙和拓史同时抬起头来。龙手上拿着我不久前在影碟出租店用积分换来的《名作100选》目录。拓史低着头，跟往常一样忙着画插图。

这里是电影同好会的活动场所，墙角堆着烙铁和线锯机，无论何时走进来都能闻到一股木屑和机油味儿。

"什么找到了？主演不是四班的池内圣里奈吗？"

龙兴致缺缺地说完，瞥了我一眼，又继续道："莫非你真的请来了池内？她答应了？"

"不是。池内还是算了吧。你快跟我来，我刚在图书室见到一个人，现在应该还在那儿。"

"哦？一平对女人的事这么上心，很少见啊。拓史，你要去看吗？"

龙探头问埋头做事的拓史。

"美少女？"拓史闷闷地问了一句。

这家伙说话就这样,只用单个词,简明扼要。

"有可能。如果我的审美没问题的话。"

"哪种类型?"

他举起自己画的动画人物给我看。是个眼睛和胸部都很大,身穿比基尼铠甲的RPG游戏风少女。

我无可奈何地说:"用你自己的眼睛看啊。"

我们三个走向图书室,扒在门口向内窥视。只见我找到的女主角候选人跟刚才一样,还坐在窗边的座位上。一头又直又长的黑发在阳光中闪闪发亮。龙和拓史把我挤到一边,探头进去。

"图书室女孩。"

"啊?"

拓史自言自语般的声音引得我转过头去。我们躲在一排书架后面。他继续低声说道:"你不知道吗?大概从去年冬天开始,她每天都会一个人坐在那个座位上,所以大家都这么叫她。算是绰号。"

"不知道。而且这绰号算是怎么回事啊?谁这么叫她?"

"包括我在内的部分消息灵通人士。"

我平时不怎么来学校图书室,今天只是碰巧有资料要查,才久违地来了一趟。

"那不是立化前辈嘛。"

这回说话的是龙。他手托下巴,凝视着"图书室女孩"。

"啊?"

"三年级的立花亚麻里前辈，我记得应该是演剧部的。你们没印象吗？我们入学那年，她在迎新大会上表演过舞台剧，还是主角呢。"

"啊？她是那个人？！"

我忍不住提高音量，龙赶紧竖起食指按在嘴唇上，让我闭嘴。随后他指了指门，示意我们出去说话。

"当时演的是《呼啸山庄》吧，她就是那个凯瑟琳？"

"好像是。话说回来，那场剧原来是《呼啸山庄》吗？我都不太记得了。只觉得当时台上的女主角特别出彩，所以绝对不会认错。"

这消息让我高兴得恨不能当场跳起舞来。印象中那个女主角演得不错，那么邀请她来当电影的女主角就是再合适不过的了。这简直是老天爷开眼啊。

龙继续说道："我听说一般演剧部不会在迎新大会上演出，但那一年很特殊。好像是因为那个剧得了个大奖，校方就决定在学校里演一遍。"

"那部剧真的特别好看。我也记得很清楚。"

但我歪着头说："那位前辈，现在感觉好像和之前完全不同啊。"

我记得饰演《呼啸山庄》中凯瑟琳的前辈看起来更时髦，或者说有种摩登气质。当时她走下舞台后，马上就被一群栗色卷发、制服裙短到极限的女学生团团围住，就听见此起彼伏的"太棒了！""真不愧是我们的亚麻里！"身处那群女生中间的前辈还开朗地说着："谢谢你们。"

当时我还想，这跟她在舞台上威风凛凛的样子完全不同啊，因此印象很深刻。不过说起来，也是到刚才我才想起这么一回事。

然而，方才看到的"图书室女孩"却散发出跟这个绰号很相称的古典清纯气息。

"她退出演剧部了？"拓史问龙。

我"咦"了一声转过头去，听见拓史继续道："既然她每天都待在图书室里……演剧部虽然属于文化部，但也跟体育类社团一样，基本每天都要练习吧。可她每天放学后都坐在图书室，不就意味着并没有参加社团活动吗？"

"啊，对呀。"

被他这么一说我才意识到。不过那样就更方便了。虽然三年级可能要准备升学考试，对电影拍摄会有所影响，但如果只到夏天为止，她说不定会愿意帮我们。

龙耸了耸肩。

"这我可就不知道了。不过我可以找认识的三年级前辈问问。"

"拜托了。不过龙啊，真亏你能一眼认出立花前辈来。"

"毕竟是个大美人嘛。"

龙不假思索地说完，马上露出高兴的笑容。

"话说回来，一平原来喜欢立花前辈那样的人啊。我看你嘴上总挂着西洋老电影女演员的名字，还以为你对现实中的女性毫无兴趣呢。"

"就你话多。谁像你那样思想不纯洁啊,我只想请她当主角罢了。"

说着说着,我感到耳朵热了起来。所以又愤愤不平地说:"再说了,本来只要你找人说一声就能解决问题,你却不愿意。找池内时你也是这个态度。"

老实说,我认为找女主角其实挺容易的。只要我们选好对象,再利用龙那张 J 家①脸去打声招呼,人家肯定会答应跟我们合作的。

可是龙却坚决不同意。声称"那种事不是部长去做就毫无意义"。

"因为我才愿意加入的女孩子,真能当好这么重要的电影主演吗?"虽然嘴上说得冠冕堂皇,实际上这家伙就是懒而已。

我毫不遮掩地问他:"你根本没打算认真拍电影吧?"

龙果然若无其事地吐着舌头说:"露馅了?在活动室里聊聊电影的话题确实很有意思,可真要自己拍……就有点那个了。你不觉得很麻烦吗?啊,当然,要是一平真的找来了女主角,我是会看在你付出的勇气的分上好好干的啦,这你不用担心。"

"什么勇气啊?"

"因为一平提到的那些女孩子,都是你一次都没说过话的人吧?你有勇气突然跟她们提拍电影的事吗?"

---

① J 家:指杰尼斯事务所,是日本一所著名艺人经纪公司事务所,以推广男艺人及男性偶像团体为主要业务。旗下有 TOKIO、Kinki Kids、岚等当红艺人。

我抿起嘴唇。尽管很气恼，但他还真说对了。

不过如果是立花前辈，我倒是愿意鼓起勇气。因为她确实有适合拍电影的气质，最重要的是，高年级的前辈比同年级的女孩子更让我感到放松。

从事跟电影有关的工作一直是我的梦想。如果可能，我甚至想当导演。如果有一天，我拍的电影能被搬上大屏幕……光是想想，我就兴奋得发抖。

我深吸一口气，瞪了龙一眼，说："你可要好好配合我哦。"

龙一脸无所谓的表情，也不知究竟有多少干劲，不紧不慢地回答："知道啦。"

旁边传来"唰唰"的响声，我转头一看，发现拓史正把今天上课发的数学讲义按到墙上，忙着在背面画画。这家伙真是的，究竟想不想干啊。我探头看了一眼，心里一惊。

那是立花前辈。

她面前放着一本翻开的书，双眼望向窗外。这幅画比拓史平时画的那些插图少了几分动漫色彩。龙看到那幅画也微笑着说："哦，很像啊。"

2

我，武宫一平，还有生田龙、平野拓史三人都是县立若美谷高中的二年级学生。隶属于电影同好会。

电影同好会。

只是可悲的"同好会"，而不是电影"社团"。

在若美谷高中，若要得到社团认定，成员最少四个人，并且有老师愿意担任社团顾问一职。遗憾的是，电影同好会这两个条件都不满足。

有人认为社团和同好会差别不大，但同好会不被学校认可为正式组织，因此拿不到活动经费，也无法在迎新大会这种场合堂堂正正地走到舞台上招募会员。最关键的是，这种非正式组织在各方面遭到冷遇十分影响心情。

电影同好会的创建者是我和喜爱动画的拓史两人。拓史跟我从初中就关系很好，是我的损友。

我们俩一同升上这所高中，看着学校发的小册子上罗列的社团名称，拓史说："我哪个都不想加入。"当时我也有同样的感觉。

然而若美谷高中大力发展社团活动，要求每个学生都要加入社团。

初中时代，我跟拓史都加入了英语部。我们并非特别擅长英语，对外国也不怎么感兴趣，单纯因为那里最不起眼，活动也很轻松才决定加入。同时我们也下定决心，升上高中后不会再根据这种标准选择社团。

我想建立电影部，而拓史想建立插画部，我们虽然意见不同，但都认为人多对成立新社团更加有利，便决定猜拳定。最后是我赢了。拓史看上去似乎很不服气，但没过多久，他就愿意给我设计的镜头画分镜了。尽管人数和器材都不足，基本无法拍电影，我还是觉得这个同好会的活动越来越正式了，也越来越开心。

至于龙，他是一个月前才加入的。那天，他毫无征兆地出现在我们用来充当活动室的技术室门口，我还以为出了什么事呢。

生田龙。

我跟他不同班，但经常从女孩子口中听说这个人，因此能把他的脸跟名字对上号。他跟某个明星很像——不，一点都不像，反倒比那个明星更好看。这种与我跟拓史无缘的话，却经常用来评论他端正的外表。而且他成绩优秀，运动神经发达，是个天生就为嘲讽我等凡人的存在。尽管我们是同学，但老实说，我之前一直以为直到毕业都不会跟他说上一句话。毕竟我可是初高中加在一起，跟女孩子说话的时间都不超过一小时的低等人群。而且那些对话大都是"教科书借我看看""橡皮擦借我用用"之类。龙跟我们根本不是同一个人种。

然而，那样的龙却出现在技术室门口，还对我说："我想加入这个同好会。我之前一直不知道学校里还有这种同好会，让我加入吧。"

"你喜欢电影吗？"

"不，完全不喜欢。我几乎没看过电影。"

我充满期待地提问，他却干脆地摇了摇头。那你为什么——我还没来得及说下去，就被那家伙抢了先。

"我入学后一直没加入社团，运动部那些人倒是总来找我。可我初中时受够了每天忙于训练的足球部，下定决心高中时哪个部都不去。这个电影同好会虽然只是同好会，可加入后也可视为参加社团活动吧？这样一来，就不会有人来拉我入部了。"

面对目瞪口呆的我和拓史二人，龙扬起高鼻梁大眼睛的端正面孔，露出只能以优美来形容的微笑。

"你们一定也希望成员越多越好吧。怎么样？"

我总觉得自己被愚弄了，而且这家伙真的很讨厌！然而怄气归怄气，这家伙说得也很有道理。能多一名成员自然是再好不过。更何况龙加入后，凭着那张脸我们就不愁找不到主角了，说不定他还能吸引女同学加入同好会。

然而事与愿违，我们并没有招募到女会员。这都是因为龙对希望加入同好会的女同学爱搭不理，把她们都赶走了。

"我好不容易找到一个人安静待着的地方，再把女同学招进来，不就没有意义了吗？"龙拧着眉毛气愤地说着，我却认为这是十分过分的任性说辞。

我心里想，你怎么就不能替我们想想呢。不过我还是谅解了龙的行为，因为这家伙意外地对电影产生了兴趣。

我本以为他只想在这里挂名，根本不打算来参加活动。没想到每天放学后，他都特别勤快地往技术室跑。不仅如此，他还问我："什么电影比较有意思？"虽说我觉得他不会去看，但还是列举了几部电影的名字。

以一种自暴自弃的心情。

初中时，同班同学偶然发现了我用来记录观影感想和最爱场景的笔记本，便嘲笑我说："你竟然喜欢电影啊。"他们还说："还搞这种笔记，你是废宅吗？"

有人问我："你喜欢哪种电影？"我回答《两小无猜》。这么一来果然又受尽揶揄。"糟糕，这家伙竟然喜欢《两小无猜》！"这电影名明明一点都不好玩，不知为何班上的男生女生都特别爱用它来嘲笑我，后来有好长一段时间，我的绰号都叫"两小无猜"。

我很想哭。

龙肯定也是那种人吧。等我再也忍受不了，就请他退出电影同好会吧。我都已经做好了最坏的打算，龙却在一周内把我推荐的电影全都看完了。不仅如此，他还格外兴奋地跑来对我说："好厉害，太棒了！"

"真的？你觉得哪部最棒？"

"我最喜欢的是《莫扎特传》①。莫扎特这个名字我只在音乐课上听到过,感觉就是个伟人,可看完电影我觉得,真是太厉害了,他也是个有血有肉的人啊。比如萨列里和他的关系,萨列里像是能够辨识天才的伯乐,让旁人看来唏嘘不已。在那部电影里,我可能更喜欢萨列里呢。"

随后他又说:"还有那部也很棒。《两小无猜》。最后两人跳上卡车逃走那一幕,真是太让我感动了。"

"对啊!"

我忍不住提高了音量。他能理解我?!想到这里,我感到心里一热。龙点点头说:"嗯,一平你真是太厉害了。"语气中一点都没有嘲弄我的样子。

"我以前对电影丝毫不感兴趣。一平你太厉害了,你究竟看过多少电影啊?是怎么喜欢上的呢?"

"因为我父母经常外出工作不在家。我从小就一个人在家里玩儿,自然就爱上了看电影。"

从小学开始,我就习惯于一个人吃晚饭。吃饭时我一定会看WOWOW②频道的电影。从最新电影,到被称为经典的著名老电影,来者不拒。这些年幼时看过的电影,都成为特殊的回忆。

---

① 《莫扎特传》(Amadeus) 是美国导演米洛斯·福曼于一九八四年执导的电影,讲述音乐神童莫扎特的传奇一生。该片获一九八五年奥斯卡八项大奖,包括最佳影片。一九九八年,美国电影学会将本片列为AFI百年百大电影中的第五十三位。
② WOWOW是日本的一家收费民营卫星电视台,成立于一九八四年十二月二十五日,开播于一九九一年四月一日。节目以电影为主,也有大量动画片、网球、足球和音乐节目。

电影同好会。

一想到龙和拓史这两名成员，我自觉还算不错。虽然目前的活动依旧没有超出同好会范畴，但总有一天，我想带着他们拍电影，想把这个组织升格为社团。经过几番思索，我作为部长，在这个春天做了个决定。

每年秋天都会举办高中生电影大赛。我决定要把我们自己拍的电影拿去参赛。

当然，我们拿不到学校的社团活动费，器材也得找别的社团借，或者自己出钱去搞。但总而言之，勇于挑战才是最重要的。如果能在大赛上拿到好成绩，现在这个不起眼的同好会或许就能吸引到更多成员。

男主角是龙，以前我跟拓史合作攒下来的分镜可以做脚本。龙心灵手巧，拓史又擅长画画，各种小道具的制作也不成问题。

——目前最大的难题，就是女主角。

当然，我并不指望哪个女生愿意加入这个同好会。我们只想找个人跟我们合作一次。

就在这时，我遇到了"图书室女孩"立花前辈。

3

第二天我们又去了图书室,却没有见到立花前辈。

此前我一直在想,如果真见到她,就厚着脸皮去问好了。因此,不怕丢人地说,没看到她,我真是松了口气。

"真可惜,她今天不在呢。"我嘴上装腔作势地说着,朝立花前辈先前坐的那个地方走去。

突然,我听见图书室前台传来一阵笑声。慌忙抬起头,看到了负责管理图书室的海野老师。她看见我们三个,说了声:"啊,抱歉。"

我突然担心她昨天就看到我们几个了。就在我害羞时,却听见她问:"你们是电影部的同学吧。"

其实只是"同好会",不过被老师当成"部",我还是挺高兴的,就顺势点了点头。

"找立花同学有事?她刚才还在呢。现在好像回去了。不过明天应该还会来。"

"原来是这样啊。"

我们点点头。

这时龙问了一句:"老师跟立花前辈很熟吗?"

海野老师微笑着说:"嗯,因为她每天都来呀。我们会互相推荐喜欢的书,还会交流感想。不仅是放学后,中午休息时立花同学也会来呢。"

她最后还对我们说了句:"加油哦。"也不知海野老师把事态掌握到了什么程度。

来到走廊上,拓史回头看了一眼图书室的门,推了推被油腻刘海遮挡住的厚片眼镜。

"老实说,我觉得海野老师比立花前辈更适合当女主角。"

简直是爆炸性的发言。

"真的?"我回头问了一句。

龙在旁边喜滋滋地点着头说:"嗯……最近运气真不错。没想到不仅是一平,连拓史都透露出了自己的喜好。"

"可是海野老师虽然看上去年轻,其实跟我们妈妈差不多大吧?而且她已经结婚了。"

"这我明白,但现在我们谈论的只是类型问题。我希望将来能跟像她那样的人组建家庭。"

"你都妄想到结婚了吗!"我有点恼火地说。

不过,海野老师确实有种特殊的魅力,似乎能够温暖地包容每个进入图书室的人,让他们感到身心受到了安抚。无论男生女生,大家都很喜欢她,因为她给人会保护每一个走进图书室的人的感觉。或许连"图书室女孩"立花前辈，也是因为喜欢海野老师而每天来图书室的吧。

第二天午休时间，龙收集到了一些关于立花前辈的情报。

连三年级都有认识的人，龙也真是了不起。我和拓史跟他不一样，初中时期也从未跟哪怕是同一个社团的前辈或后辈交上朋友。

"立花前辈果然退出了演剧部。据说她是在《呼啸山庄》大获成功之后，社团正忙着准备另一部剧目时突然退出的。"

"为什么？理由呢？她是生病了还是受伤了？"

"好像都不是。毫无理由，突然就说要走。当时很多人尝试挽留她，结果没成功。"龙歪着头继续道，"一平昨天不是说她给人的感觉不一样了嘛，这个变化好像就是从那段时间开始的。她跟以前的好朋友突然疏远了，变得不愿与人打交道。我认识的那位前辈还说，连学生制服、发型和平时带在身边的小物件都仿佛变了种感觉，让他感到很不可思议。前辈还说，如果我想知道更多，可以介绍一个和她一起待过演剧部的前辈给我认识。"

说到这里，龙叹了口气，随后看着我问道："不过，我们真的要做到那一步吗？怎么说呢，我不太喜欢到处打听别人的事。如果真要找她，干脆堂堂正正去问她嘛。"

"我知道了。龙，谢谢你。"

明天开始就是六月了。如果真要拍电影，我们确实不能再原地踏步了。

4

"你能参演我们的电影吗?"如此单刀直入地说完这句话后,我觉得有点喘不上气来。

明明在脑子里演绎了无数次,应该能说得更好才对。可实际开口时还是磕磕绊绊,句子卡在嗓子眼里说不顺溜。

立花前辈还是像往常一样坐在图书室窗边,她放下正在看的书,对我眨了眨眼睛。

"呃,那个……我不是什么可疑人物。你知道我们高中有个电影同好会吗?啊,不过是个只有三名成员的小同好会,不知道也很正常。"

立花前辈一言不发,我很害怕听到她的拒绝,不自觉地比平时更啰唆了。最可恨的是,龙和拓史一直躲在旁边,根本不来帮腔。

可恨!我一边痛恨自己破音的腔调,一边强迫自己继续说下去。可就在此时,立花前辈夹好书签,合上了正在看的书,然后转身凝视着我们。

"电影?"

她的声音如此清澈，让我联想到容器里的清水。近距离打量时，我在心里再次感叹，她真的很漂亮。

然而下一个瞬间，她说出的话却让我沮丧不已。

"我不参加。"

拒绝得干脆利落。不过我也做好了思想准备。

"请你考虑考虑。"这句话倒是说得非常流畅，"我们在迎新大会上看过你演的《呼啸山庄》，全都看得着了迷。当时前辈你演了少女和成人两个时代的凯瑟琳，那种年龄上的变化实在是太精彩了，根本想象不到是业余人士。那一刻让我感觉到高中真的和初中不一样，仿佛受到了洗礼。"

"洗礼？"

"啊……"

立花前辈稍微歪了歪头，扬起脸看着我。我对上她的视线，心脏猛跳了一下。片刻之后，她缓缓摇着头说："我喜欢你这个说法。没想到在这所高中还能遇到说出'洗礼'一词的男同学。"

我过了好一会儿才意识到这可能表示她对我印象还不错。可当我凑过去想继续劝说时，前辈却冷冷地说道："谢谢你，我很高兴。但我已经退出演剧部了，既然不再参与社团活动，就不太想引来过多关注。所以很抱歉，我不想拍电影。"

"无论如何都不行吗？"

今天学校刚换上夏季制服，穿着短袖的我觉得有点冷。

前辈重复道："很抱歉。"

她的声音虽然柔和，语气却毫无商量的余地。只见她又打开书，准备继续阅读。

就在这一瞬间，一道光照在了前辈的睫毛上。是从窗外倾洒进来的阳光，在她的脸上制造出淡淡的暗影。

这样的光景出现在正垂头丧气地转身要走的我眼前，刹那间，我的脑中仿佛蹿过电流。

我实在不想放弃。我真的很想用镜头捕捉她现在的表情。

"我还会再来的。"

我斩钉截铁地说，发现龙和拓史都一脸惊讶。立花前辈看着手上的书，头也不抬地说："没用的。顺便再说一句，你打扰到我了。"

"就算会打扰你，我也会再来的。告辞了。"

前辈没有回答。我低头行了个礼，转身离开图书室。

刚出到走廊，龙就在我身后感慨道："你胆子真大啊。"拓史也跟着说了句："就是。"而我只是"哦"了一声。

我说那句话时强装淡定，其实背后和腋下早已流出冷汗。一切都结束了，心跳猛地加快，我感觉身体里憋着一股冲动。

话一旦说出来，力量就不容小觑。

我已经发出"还会再来"的宣言，便无法退却了。于是，我每天都会到图书室去找正在看书的立花前辈。

"你又来了？"前辈皱着眉，似乎真的认为我很烦。尽管如此，我还是毫不退缩,向她诉说着电影同好会的惨状。我们只有三个成员,只要再有一人加入,就能得到正式认可,升格为社团。为此我们必须在秋季大赛上提交作品,在学校宣传我们的活动。

"拜托你,我们真的很需要前辈的力量。"

"可是,帮你们对我有什么好处吗?"

"没有。"

我不假思索地说了真话,然后慌忙补充道:"可是我觉得拍电影的过程会很开心,这样不够吗?"

"呵呵。"

前辈兴味索然地瞥了我一眼,转头看向手中的书。唉,今天又碰壁了。我强忍着想继续相劝的心情,低头说了一句:"告辞了,我还会来的。"

前辈没有回答。

"啊——讨厌!"

我一回到技术室就大喊一声,并使劲挠起了头。

龙和拓史异口同声地对我说:"辛苦了。"

算上今天,已经过去整整一周了。

"瞧你那个样子,今天也没成吧。"

"我说,你们倒是帮帮忙啊,怎么只有第一天跟我去了。"

"啊——"

那两个人互相看了一眼。

"其实我们两个刚才还在讨论，觉得一平真是太了不起了。刚开始明明这么害羞，现在却有勇气每天去追女孩子。而且是一个人。我们都对你另眼相看了。"

"'追女孩子'这种说法太容易招人误会了，最好别这么说。更何况我觉得再继续下去她也不会答应。唉，好烦！"

"我觉得没问题。"

拓史轻飘飘地说了一句。我感觉他在耍我，正准备瞪回去，却发现拓史的表情意外认真。这家伙很少露出这么认真的表情。

"我感觉说服立花前辈有戏。"

"哪里有戏了，我感觉根本没戏啊。"

"她明知道一平每天都要去纠缠，还是会到图书室去啊。如果她真心觉得你很烦，肯定会借了书转头就走嘛。"

"啊。"

"到今天已经整整一周了，不如再坚持几天，如果你真的心怀热情。"

热情。

这个词虽然很打动我，可我还是有点气恼，想说你们心里也有点热情行不行？我深吸一口气，找了张椅子坐下来。龙刚才还在看我拿来的电影杂志，现在却跑过来问："话说，你为什么对立花前辈如此执着？如果只有立花前辈这么一个候选人，成功概率太低了。参加比赛的电影必须在这个夏天拍出来，不如再去问问之前提到过的池内？"

"如果只是去参加比赛,也没有意义。不得奖,电影同好会的知名度就无法提高,所以我们需要立花前辈。"

"那你为什么一定要升格为社团呢?现在的同好会也挺开心的,不是吗?几个人的小团体其实不算太坏,我就更喜欢现在这样。"

龙从小到大参加的都是运动社团,所以才会这么想吧。但我摇了摇头。

"我很想把它建设成一个社团。只要能凑齐四个人,成为正式社团,电影部这个名字就会保留下来。这样到了明年,我们就能凭着得奖的经历去招募新生。这样一来,像我这样喜欢电影的人不就有归属地了吗?"

若美谷高中规定,只要一度建立了社团,就算接下来成员不足四人,哪怕只剩下一个人,也能一直保持社团的名义。那么,只要建立起社团,今后电影部的大门就会一直为喜爱电影的学生们敞开。

"其实……我总是会想,学校究竟是谁的学校?"

"哈?"

龙露出困惑不已的表情。

"什么谁的学校?什么意思?"

"唔……怎么说呢,不是总有人说,学校是属于全体学生的吗?可是我很久以前就一直在想,这是真的吗?班上最引人注目的人和最不起眼的人,两者上的是同一所学校,进的是同一栋教学楼,可他们在里面看到的风景、思考的内容,一定不同吧。"

龙多半无法理解吧,但我还是说了下去。

"打个比方,每逢大型比赛,全校学生都会大张旗鼓地为运动社团的同学加油鼓励,不是吗?被送出去参赛的运动社团健将,竟然跟自己共同拥有这一所学校,我实在是难以想象……"

"唔。不过那也不是多好的事啊,事实是,站在舞台上一直不能休息,脚都累死了。"

龙加入过足球部,"壮行会"想必早有经历。我心情复杂地"嗯"了一声。

"总而言之,我觉得学校不应该仅仅是那些人大出风头的舞台。像书法部、英语部这些社团,也有自己的活动啊。我觉得,就算旁边没有啦啦队欢呼,也是一种青春的模样。我想证明学校并不只属于那些简单明了地讴歌青春的人……"

说着说着,我都觉得自己的话越来越不得要领。我不习惯过于露骨地表达,总会不由自主地说偏了话题的核心。

开门见山地说,其实我明白自己并不是学校的主角。

尽管从未确认过,但我相信旁边的拓史心里也是这样想的。

通过运动流淌健康的汗水,跟女孩子交往,结识一大群朋友。学校是属于大家的,这简直是个弥天大谎。我心里清楚,学校并不属于我们,只属于那些能够轻而易举完成这些事的"他们"。

那些引人注目、是班级中心的学生,他们的青春被老师和人人们关注着,所有人都认可他们。即使身在同一所学校,像我们这种喜欢电影和动漫的人,却会被当成反面教材。

希望创立电影部，这个想法中多少含有我的倔强。从入学那一刻起，我的目标就是创造这么一个空间，让我们这些人能成为学校的主角——至少在社团内部时能有那种感觉。

"总而言之，创立电影部，拍一部真正的电影，这些都是我的梦想。我读过很多电影导演的故事，他们都是在很年轻时就展开了行动。如果我能成为自己所尊敬的电影人的伙伴，那真是死而无憾了。"

我本以为"死而无憾"这种充满激情的话会让性格冷淡的龙感到厌恶。不过，他只是"哦"了一声，点了一下头。

然后笑着说："对了，你刚才不是提到书法部嘛，要是在他们写大字的时候，啦啦队围在旁边振臂高呼，那可是又烦人又超现实哦。"

旁边的拓史依旧保持着沉默，在摊开的大学笔记本上画着插画。他一直没抬过头，我甚至不确定他有没有听我说话。

回到家中，我发现玄关摆着老爸的鞋。他最近一直忙工作，这么早回来还真有点稀奇。

"你回来啦。"

看见妈妈小跑过来，我问了一句："爸爸回来了？"

"嗯，我们先吃饭了。本来想跟一平一起吃的，结果左等右等都不见你回来。"

屋里飘来洋葱炒肉末的香味，还混着多蜜酱汁的味道，看来今天的菜是妈妈最拿手的汉堡肉。或许是因为爸爸少见地提前下班,她觉得应该好好露一手。

起居室里传来转播田径世界杯的声音,播音员正在介绍选手。

"我回来了。"我把头伸进起居室,看见老爸正端着啤酒吃晚饭。

"哦,一平。"他叫了我一声,"怎么这么晚,本来今天难得早点回来,想跟你一起吃个晚饭呢。干什么去了?"

"社团活动。"

"社团活动?你加入社团了?"

他的语气漫不经心,感觉却像在责备我。

"我去放书包。"扔下这句话,我走向自己的房间。

关上身后的房门,我长出了一口气。

我还没对老爸提过电影同好会的事。我父母初高中时都加入了田径部,且以飞毛腿著称,而我可以说丝毫没有继承到他们的运动神经。从小学起,无论参加运动会还是马拉松大赛,我的名次都是倒数的,如此一来,使我产生了自己不擅长运动的自我认知,连球类运动都会害怕,害怕球砸到自己。

上了初中,我刻意躲开运动部,加入了英语部,当时老爸脸上露出了失望和沮丧的表情。

我对他说,虽然我英语不算拿手,可那个社团看起来挺好玩,所以加入了。结果他反问我:"你觉得这样就够了?"从他的眼神中,我看到了他希望我加入运动部这一赤裸裸的期待。

像老爸那种人，肯定一辈子都无法理解我的心情。他在田径部挥洒了青春，没有任何遗憾，之后考入著名大学的药学专业，毕业后马上进入大型制药公司，目前从事药品研制工作。

他应该觉得工作非常充实，反正我从小就把老爸当成是那种把工作放在第一位的人。"我没时间"几乎是他的口头禅，基本没参加过父亲参观日和亲子联谊这种学校活动。就连妈妈也受不了老爸的繁忙，辞掉了工作。她以前好像是十分优秀的护肤品销售员，如今却不得不回到家庭，承担起所有的家务。

我想，老爸一定无法理解像我这样的文科男生吧，不明白我们活着究竟有什么意思。不过反过来说，我也很难领会老爸那种生活方式究竟有何意义。度过一帆风顺的学生时代后埋头工作，偶尔早点下班，就拿电视上放的棒球或其他赛事和新闻来下酒。

如此无聊的生活，我可不想要。

有一次，妈妈告诫我要好好学习，还对我说："你爸爸上初中的时候也不爱学习。后来他就没日没夜地拼命读书，勉勉强强考上大学，最后得到了现在这份工作。"

可是她越对我说这种话，我就越觉得没意思。我根本不相信老爸以前是差生。因为升上高中后，学校发了一份升学指导文件，药学部那一栏的偏差值全都高得吓人。他能产生"我要考这里"的想法，本身就意味着实力不同寻常。

无论怎么挣扎，天生百米就能跑九秒的人，跟普通人就是不一样的。

在昏暗的房间中，我取下斜挎在身上的书包扔到床上。起居室里传来老爸为球队加油助威的声音："哦，很好。加油！"

晚上，我收到了龙发来的一封邮件。
确切地说是群发邮件，拓史也在收件人里。

　　退出社团前不久，立花前辈似乎因为新闻部部长三根前辈的表白而头痛不已。据说后来她把对方甩了，好像就是从那段时间开始发生变化的。这是上回向我提供情报的前辈后来问跟立花前辈曾经同在演剧部活动的另一位前辈后了解到的。保险起见，跟你们说一声。

表白，甩了。我对这些词很陌生。
尽管我知道，这么漂亮的人自然会有很多人喜欢，但心里还是有些刺痛，有些寂寥。
"谢谢啦。"我如此回复。突然又想，莫非龙是专门为我去调查这件事的？
他问我为什么想把电影同好会升格为电影部，我做出了回答。虽然说得颠三倒四，但龙好像用他自己的方法理解了我的意思。
谢谢你，龙。
我在心中道出了与邮件内容意义不同的感谢。

5

"你这人真的好烦。"

今天立花前辈连眉毛都没皱一下,只是冷冷地抛出了这句话。最近这段时间我来找她她都埋头看书,连抬头的动作都省了。不过我早已做好了被她嫌弃的心理准备,这样回答道:"我是很烦啊,对不起。不过我已经决定了,一定要拍立花前辈。"

"你拍我,又得不到什么……"

"怎么会——"

我正准备说出下半句话,立花前辈突然抬起头来。

"不好意思,我真的觉得你很烦。我只想在这里安安静静地看书,能麻烦你放弃吗?"

"不。"

我之所以能回答得如此干脆,还多亏了拓史的话。

到今天我已经连续来这里整整两周了,但立花前辈还会到图书室来,如果她真的讨厌我们,完全可以不到图书室来。

被我拒绝后,立花前辈不知所措地瞪大了眼睛。她沉默了一会儿,似乎在思考,随后张开了美丽的双唇。

"那我能开条件吗?一个非常私人的请求。"

"好!"

我一下子没控制住,破了音。

这是整整两周里,她头一次改变态度。

前辈这样说:"我小时候读过一本书,很想再读一遍,为此我到附近的图书馆去找过。可是我只知道那本书前半部分的内容,既想不起书名,也不记得封面长什么样子。这本书我已经找了很久,怎么都找不到。而且问谁都说不知道。"

"你要找书?"

"对。我很想知道那个故事的结局,你们能帮我找吗?如果你们能找到那本书,那我可以考虑参演电影。"前辈又问了一句,"能找到吗?我自己找了好几年都没找到的东西,让你们在短时间内找出来,可能有点要求过高了。"

"我帮你找。"

我想也不想就答应了。前辈眯起眼睛,略带挑衅地看着我。

我又重复了一遍。

"我帮你找。请告诉我那是本什么样的书,只说前辈记得的部分也没关系。"

她对我说,那是个关于宝石匠的故事。

是十多年前,立花前辈还在上小学低年级时读到的故事。

"从前有个宝石匠,他制作的宝石没人喜欢,根本卖不出去。有一天,一个巫师出现在他面前,对他说:'我可以授予你一项才能,让你制作出世间最美的宝石。但是你必须告别家人朋友,以及生活中的一切。'"

立花前辈复述书中对话时,声音稍微有点沙哑低沉,让我产生了不合时宜的感动。她仿佛是在刻意改变声线,演绎出邪恶巫师的感觉。

"我很想知道这个故事的结局。宝石匠最后怎么样了?他是否牺牲一切换来了世间最美的宝石?我当时应该读完了,可是忘记了。"

前辈嘴角浮现出微笑。

"我记不清那是本童书还是绘本了,只知道是在图书馆看的。像我刚才说的,细节方面真的想不起来了。怎么样,只靠这点信息能找到吗?"

"我试试。"

我只能点头答应,毕竟这可是好不容易找到的突破口。我翻开用来记录电影草案和分镜图的笔记本,记下她刚才说的内容。

"我能问几个问题吗?"

"请吧,只要我能回答上来。"

"你对这本书还有其他记忆吗?"

"没有。一点都没有。"她立刻回答道,"顺便说一句,我也用各种关键词在网上找过好几次,都没有找到相关内容。"

"那前辈去收藏这本书的图书馆问过吗?"

"问过了,也找过了,还是没找到。毕竟过了这么久,有可能被谁借走后没有还回来,就这么不见了。"

"是哪间图书馆?"

我问的时候就在想,如果在这附近,那应该是县立图书馆或若美谷市立图书馆吧。可出乎意料的是,一直对答如流的前辈听到这个问题突然沉默了。我觉得奇怪,抬起头来看她。此时前辈已经恢复了平日里若无其事的表情,这样回答道:"入沼市立图书馆。"

入沼市在临县。我正要问她为什么会跑到那么远的图书馆去,却被前辈抢了先。

"不过你去问也没用,我已经问过好多次了。"

"知道了。可是——"

"我以前一直住在那里,直到初中毕业。后来因为家里大人工作调动,才来这里上的高中。"前辈看了我一眼,继续说道,"这样够了吗?"她的声音听起来非常紧绷,我实在抵不过她的气势,便点了点头。

可我还想问最后一个问题。

"立花前辈。"

"嗯?"

"前辈真的很喜欢看书呢。"

斯蒂芬·金、雷·布拉德伯里、保罗·奥斯特、司马辽太郎、田中芳树、荻原规子，前辈每天在图书室看的书都不一样。这就证明，她基本上一天就能读完一本书。这么说来，她一定回到家后也一直在看书吧。

原本满脸不高兴的前辈听了我的话，转而露出惊愕的表情。我像往常一样点点头，对她说了句"告辞"，然后才听到她迟来的回答："对啊。"

见她并没有生气，我不由得松了口气。

"我最喜欢看书了。"她说。

于是，我们三个人的寻书之旅就开始了。

最先尝试的是上网搜索。我们试着排列组合"宝石匠""童话""世间最美的宝石""用一切交换"等关键词，搜索。然而果然如前辈所说，均一无所获。

"会不会是立花前辈记错了？"

初夏时节，我们坐在已打开冷气的电脑房，敲着键盘。

龙问了这么一句，我点点头，回答道："不知道啊。不过就算前辈记错了，我们手头也只有这么一点线索，还是老老实实找吧，现在只能赌一把了。"

"我感觉越来越好玩了啊，我们就像侦探一样。"

龙依旧有点事不关己的感觉，但他好像挺乐在其中的。到图书室找书时他也没有半点不愿意，反倒跃跃欲试。

立花前辈是"图书室女孩"，她一定早就把高中图书室找了一遍。不过保险起见，我们还是把架子上的书一本一本翻开来看了一遍。

我们还找负责管理图书室的海野老师询问关于宝石匠的书，毕竟做事还要靠行家，找专业人士问是最快的。然而海野老师也没有给出令人满意的答复。

"真对不起，我一点印象都没有。"她很遗憾地摇着头说，"我来这里工作前，是县立图书馆绘本类图书的负责人，大学专业是儿童文学，所以应该基本上所有这类书籍都接触过才对……这次帮不上你们的忙，真不好意思。"

"好吧……"

"高中图书室里绘本和儿童书籍很少，你们可以去那种有很多小朋友去的大图书馆找找看。"

我们谢过老师，准备趁闭馆还有一个小时，到县立图书馆找找看。此时我听到老师小声说道："好怀念这种感觉啊。"

"怀念？"

"我曾经跟朋友在图书室里废寝忘食地查找自由研究的资料。那是很久以前的事了，我还在上初中的时候。那年暑假真的非常开心。看到你们可以如此拼命地去做一件事情，老师太羡慕了。"

随后，老师又微笑着鼓励我们："如果老师能帮上什么忙，你们尽管说哦。"

我们三个踩着点冲进了县立图书馆，接着一个架子一个架子地展开地毯式搜索,但还是没找到有关宝石匠的书。

这也应了前辈的话——她已经找了好几年的东西,我们妄想这几天就找出来,或许真的有点勉强了。

七月越来越近了。

空气中的湿气似乎在渐渐消散,我们也适应了短袖的学生制服。

凡是能想到的地方,我们都找过了。不仅如此,我们还在网站上贴出了问题,给东京的大书店和童书出版社打了好几通咨询电话。尽管如此,依旧没找到读过宝石匠故事的人。

我已经决定,在找到书之前,暂时不去找立花前辈。

不过这段时间里我们常常出入立花前辈所在的图书室,与架子上的书本奋战,而她却一直视若无睹。夏日的阳光越发耀眼,照进图书室来,把她的侧颜映衬得更像一幅画了。这更让我生出憧憬,甚至有些愤恨起来。

"我说啊,"回家路上,龙压低声音对我说,"我不建议你这样。你还记得我之前在邮件里说的那个新闻部部长吗?立花前辈退出社团前,因为表白搞出很多事来的那位。"

"嗯。"

老实说,最近我脑子里想的全是宝石匠,早就忘了这回事。

龙犹犹豫豫地说了下去。

"不如我们去问问那个人吧。虽然之前说过,我不喜欢到处打听别人的事情,可是找了这么久都毫无进展,最好还是考虑考虑用别的方法说服立花前辈吧。"

我惊讶地看着龙的脸。这家伙竟然对一件事如此上心,实在太少见了。我还以为他会一直满足于扮演大侦探到处找书呢。见我一言不发,龙可能觉察到了什么,他这样说道:"因为这样太无聊了呀。能找的地方我们都找过了,今后也只能在同样的地方反反复复地找,不是吗?所以我觉得,不如放弃找书吧。"

"可是……"

都找了这么久了,现在放弃实在太让人不甘心了。我正准备反驳,却听到背后传来一声"赞成"。我转过头,发现拓史面无表情地举起了一只手。

"你也找腻了?"

"而且,我一直想对一平说句话。"

"什么?"

"那本书。立花前辈说的,关于宝石匠的童书或者绘本。"

"嗯?"

"我觉得根本不存在那么一本书。"

"啊?"我大张着嘴愣住了。

拓史忧郁地歪着头重复道:"可能真的不存在。不久前我就产生了这个想法,那一定是立花前辈用来拒绝我们的借口。宝石匠的故事是前辈自己想出来的,那是本实际上并不存在的书。因此我们不可能找得到。"

"为什么啊?"

"这么说的根据之一,是题材。"

拓史竖起了右手食指。

"宝石匠。如果是别的职业还好理解,比如雕刻家、锻造师、裁缝什么的。可是宝石,这太奇怪了吧?当然,宝石行业也讲究切割技术和打磨方法之类的,不过重头戏全在基本材料上吧。宝石的价值主要由原石的品相和大小来决定的,好像跟匠人的技术才能没什么关系吧。你仔细想想,是不是这样?"

"可是童话寓言里经常出现宝石这一主题啊。可能作者并没有考虑这么深。"

"根据之二,立花前辈为什么没问海野老师呢?这说明她根本没用心在找这本书。"

"啊?"

"我问过海野老师了。我对她说明了情况,问她立花前辈是否提到过那本书。还真没有。"

"你别擅自行动啊。"

我不禁皱起了眉。拓史却并不理会我的苦恼,自顾自地说着。

"我直接说结果,立花前辈跟海野老师是关系很亲密的书友,可她却一次都没问过老师是否知道宝石匠的故事。前辈明明知道老师以前在县立图书馆负责绘本书籍,大学又是儿童文学专业,却从未对她提起过那本书。"

这家伙平时话不多,可是一开口就停不下来。

龙还不合时宜地发出了兴奋的感叹。

"你很行嘛，拓史，都跟海野老师单独聊过天了。"

"聊得很开心呢。"

看着面露微笑的拓史，我实在不知该如何反驳，只得愣在那里。

我最喜欢看书了——我忽地想起立花前辈的表情。

想再读一遍宝石匠的故事，想知道故事的结局。我想实现她的心愿，也想成全自己。

"至少可以这么说，立花前辈之前并没有真心去寻找那本书。"

面对拓史的乘胜追击，我已经没有了反驳的气力。因为我越想越觉得好像是这么回事。莫非我真的被前辈糊弄了？

我感到喉头一热。

"龙。"

我听见自己发出的声音冰冷而沙哑。

"那位新闻部的前辈，你能马上去打听消息吗？"

立花前辈究竟想干什么呢？她是否从一开始就在玩弄我们呢？前辈每天放学后坐在窗边的座位上看着在书架旁苦苦寻觅的我们时，究竟是怀着怎样的心情呢？

6

新闻部的活动场所在第二美术室，里面充满了活力。

活力，以及热情。

若美谷高中对文化部的活动也十分支持。演剧部和铜管乐队都在演出和竞赛中取得过好成绩，美术部和文艺部也有很多学生在全国规模的比赛上留名。

我知道新闻部的活动十分出彩。每周张贴在楼梯转角和走廊上的墙报，每月发行一次的《若美谷讯息》，这些学校的官方刊物都是他们制作的。而且里面涵盖的内容很广，除学校活动这种固定报道外，他们还会采访在社团活动中特别活跃的学生，偶尔还会刊登谁跟谁在交往、谁跟谁分手了这样的八卦消息。恋爱方面的报道固然都是匿名的，但知道的人一眼就能看出来说的是谁（据说是这样，但我在这方面比较不灵通，基本上都是局外人的感觉）。

对于这些花边新闻，老师们分成了赞同和否定两种立场。不过若美谷向来以校风开放著称，更何况那是最受学生欢迎的版块，所以一直没有撤掉。

说白了,我们学校的新闻部搞得挺红火。

我们三个来到新闻部那天,似乎正值第二天就要张贴最新一期墙报的日子。"我们只能干到五点。""采访记录都查验过了吗?""吉村老师订婚的话题可以解禁了吧?""赶快!"

屋里是一片如同暴风般的忙碌。我们叫住离门最近的二年级学生,请他把部长三根前辈叫出来。

"真的没问题吗,没必要非得赶在他们这么忙的时候吧?"

我心虚地拽了拽龙的胳膊。龙慢悠悠地"嗯?"了一声,歪过头说:"可是人家跟我约的就是今天啊。"

"哦,抱歉,让你们久等了。"

出现在我们面前的三根前辈,用一句话来形容就是清爽系男生。修长的丹凤眼,顺滑的黑发,整个人看起来像个韩国偶像明星。而且他个子很高,姿态挺拔。

"不好意思,你们也看到了,我们正在校对呢,有点乱。各位,来客人了,我们打算到美术准备室去,大家暂时不要去那里,好吗?"

部长发完话,几个人马上中气十足地应了一声。我瞪大眼睛,感到钦佩不已。"正在校对""来客人了",这些话听起来跟正式的职场没什么区别。为了好好谈话能马上找一间屋子,这一点也让我很佩服,甚至有些奇怪的猜测,待会儿该不会还有人端茶进来吧。总之,这里的氛围给人的感觉就是这样的。

"你们是电影同好会的吧。同好会成立时我们也报道过,看到没?"

刚在散发着颜料味的美术准备室坐定,三根前辈就问了这么一句。

我忍不住惊呼一声。

"啊?不知道呀。"

"哦?真是太可惜了,你们都不看我们的报纸吗:我记得当时那篇报道还是我写的呢。我觉得你才一年级,就有勇气自己建立一个社团,实在是太了不起了,还给你打气呢。"

"真的吗?!"

我一点都不知道,此时高兴得探出了身子。

三根前辈笑着说:"下次有机会,我把当时那篇报道复印一份给你吧。"

"新闻部好有活力啊。今天是我第一次来这里,真的吃了一惊。"

也是为了感谢他为我写报道,我略显奉承地说了一句。三根前辈听罢,满足地点了一下头。

"谢谢你。经常有人说,很少见到哪个学校的新闻部如此活跃。老实说,其他学校的新闻部偶尔还会来这里参观呢。总有人认为新闻部是很不起眼的社团,但我们这儿的部员全都很有成就感。还有好几个人将来希望进入报社和媒体工作,成为一名记者呢。大家都带着积累经验的目的参加社团活动。"

"前辈将来也想成为一名记者吗?"

听了龙的问题,三根前辈的表情一下子亮了。

"嗯,我想当报社记者。因为我老爸就是报社记者,我从小看着他忙碌的背影,也梦想能像他那样。"

他突然说起了父亲的事情。对父亲的职业心怀憧憬,这在我家是绝对不可能发生的。

三根前辈又说:"不过话说回来,你们虽然属于文化社团,但要把电影部搞得像我们一样红火,也是很有希望的。要加油哦。"

三根前辈咧开嘴笑了起来,拓史却在我旁边小声说:"假开朗。"我赶紧在前辈看不见的桌子底下用手肘戳了那家伙一下。

"那么……"前辈深吸一口气,眼里的微笑眼看着冷却下来,目光也仿佛锐利了不少。我知道他这是在脑中切换模式了。这人采访别人时可能就是这种表情。

"听说你们想请立花亚麻里当原创电影的女主角?"三根前辈问道。

"是的。不过她拒绝了。"

我耸了耸肩。龙应该把情况都介绍清楚了。

"但我准备继续去邀请。因为我真的很想拍一部立花前辈主演的电影。"

"唔。"

"而且我很想知道,她这么有才华,为什么会退出演剧部。在向几个人打听之后,我们问到了前辈您的名字。"

"原来如此。"

三根前辈点点头。

"我听说,立花前辈退出演剧部前不久,三根前辈向她表白了。"

我话音未落,龙就毫不客气地接了下去。

"如果接下来的话会让前辈感到不快,我先向你道歉。我听说,立花前辈就是从那段时间开始发生变化的。她突然一反常态,变得独来独往了。"

"她不会参演你们的电影的。"

三根前辈似乎没有生气。但他的语气十分肯定。

"不可能参演的。所以我觉得你们再坚持下去也没有用。"

"为什么?"

他那冷淡的口气让我较起真来。

三根前辈说:"在此之前,先容我解开一个误会吧。因为大家都这么说,事情也就这么传开了,我算是跳进黄河也洗不清啦,因此也就放弃了辩解。不过,我其实没对立花亚麻里表白过。只是一场矛盾,在旁人看来可能像是表白,实际上我只是问她能否接受采访,让我写一篇报道罢了。不过大家都喜欢这种花边新闻,一转眼就传成了现在这个样子。"

"采访?"

"因为当时演剧部刚刚在比赛上获奖,立花亚麻里成了我们学校的小名人。不过遗憾的是,那篇文章并没有登出来。"

这件事的过程似乎非常曲折,三根前辈声音一沉,板着脸说:"你们难得来一趟,我就说说吧。不过能拜托你们不要外传吗?因为我答应立花亚麻里和被卷入这件事的老师们,绝对不公开的。只要你们愿意保密,我就说出来。"

"好的。"

我们三人同时点点头。

三根前辈从手上拿着的铅笔盒里取出一个细长的东西,看起来很像音乐播放器,但又有点不一样。

那是个录音笔。

"新闻部还能用社团活动费买这种东西吗?"

"怎么可能,这是我自己的。采访时总会带上。"

前辈露出苦笑。

"立花亚麻里这个人表面上看起来很冷静,可那次到了采访的后半段,她开始歇斯底里大吵大闹,我拉都拉不住。我觉得你们听完就会明白,便从家里拷贝了录音文件。"

"歇斯底里?"

这个词与"图书室女孩"显得格格不入。三根前辈点点头,带着有点卖关子的语气说了起来。

"我想说的是,立花亚麻里根本不是什么明星,她不一定拥有你们想要的能力。"

三根前辈按下录音笔的开关,放出第一段录音。

——这次我打算深入立花同学的内心，写一篇文章。立花同学初中毕业前一直在另一片土地上生活，因此在这里没有以前的老同学，想必大家都想更多地了解你这个人。我本人也觉得，自己所在的年级有立花同学这样的同学，真让人高兴。

——谢谢你。不过我有点担心，我的那些事情真的值得写出来吗？

——这是我在新闻部负责的第一篇主题文章。于我个人而言，也希望将它做成一篇富有深度、能够体现自身成长的报道。所以还请你多多关照。

"一开始还挺和气的。"三根前辈说。

我们三个则忙着倾听立花前辈那比现在要开朗一些的声音。

——其实在进行今天的采访前，我已经询问过了熟悉立花同学的人。其中或许会有涉及隐私的部分，还请你见谅。

——啊！

声音突然中断了，立花前辈似乎吃了一惊。过了一会儿她再次开口说话，声音却比之前低沉了不少。

——你刚才说熟悉我的人，是指谁？

——是立花同学初中时期的同学、恩师，以及你经常光顾的图书馆的几位管理员老师。具体来说就是……

三根前辈列举了几个人名。在此期间,立花前辈一直保持沉默。听完那几个名字,她似乎有点为难,语调生硬地说:"有几个人跟我并不熟。"

不知为何,听到那个声音的瞬间,我心里突然生出一阵钝痛。明明看不见现场,我却能想象出立花前辈勉强挤出的笑容。

三根前辈凝视着录音笔的红色指示灯,脸上没有表情。此时他的目光已跟刚才完全不同,显得十分阴沉。看着他的眼睛,我不禁打了个冷战。

——与那几位聊过之后,我大吃一惊,原来立花同学以前是个毫不起眼的人呢。

三根前辈毫不遮掩地说。

——初中时你并没有加入演剧部,而是在文艺部,因此毫无表演经验。听到这个消息时我简直惊呆了。我还让受访人看了你现在的照片,他们都吓了一跳。

立花前辈没有说话。

——你此前并没有表演经验,突然要在舞台上发出洪亮的声音、彻底融入角色,心里会不会感到害羞呢?对念台词这种行为是否有过抵触呢？啊，如果冒犯到你，我先在这里道个歉。请问你之所以加入演剧部，是否出于在以前的学校，对受人瞩目的同学非常羡慕呢？

坐在旁边的龙和拓史都面露惊愕。我此时可能也是一样的表情吧。

我吞了一口唾沫，死死地盯着录音笔，心中祈祷着，等待立花前辈的回答。一段漫长的沉默后，立花前辈开口了。

——那个……我并不觉得我是你口中说的那种不起眼的人。

——可我这里有证词啊。你初中时没有像现在这样佩戴隐形眼镜，而是戴的框架眼镜。为人内向腼腆，总是待在图书室看书。不仅如此，你那时也没烫发，一直留着黑色直发，还有人说你应该是进入高中以后才开始注意着装打扮的。

——那只是校规问题吧。我上的初中校规很严，高中则比较自由，仅此而已。还有，这些话是谁对你说的？

——啊，这关系到保密义务，我不能告诉你。

我听够了。我感到太阳穴突突乱跳，还有点恶心。

快停下，我心想。

——你加入演剧部，是不是为了改变自己，不再做之前那个独自一人埋头看书、平庸乏味的人了？确实，到了这边的学校，就没有人知道你在以前那个学校是什么样子的。所以你才会在高中变脸——

录音笔里突然传出扑哧一声，紧接着是一阵嘈杂。下一个瞬间，就听见立花前辈的尖叫声。

——你别胡说八道！
她的声音在颤抖。
——你根本不知道我在图书室里见识过多少东西，度过了多么有意义的时光。什么平庸乏味？我有朋友，看书也让我很快乐！

立花前辈的声音突然中断，这段录音结束了。
我的双手在桌面下紧握成拳，手心里全是汗水，背后则感到阵阵恶寒。
学校究竟是谁的？这句话从刚才起就在我的脑中回响。
此前我无数次思考过这个问题。学校是为一部分引人注目的学生而设的，与我们毫不相关，而我们也很清楚这一事实。
希望学校成为自己的学校，希望一跃成为学校的主角，这种想法当真如此不堪吗？甚至要被说成"高中变脸"？
我重新思考起电影世界给我带来的重大改变。我从未离开过若美谷市这个地方，但我的世界早已不局限于在教室里看到的风景，或通往学校的道路。我熟知十八世纪大革命时期的法国，了解莫扎特生活的维也纳。头一次看《两小无猜》时我还兴致勃勃地猜测那两个演员今后会如何，整天对电影的最后一幕念念不忘。

我绝不允许任何人说，这一切都比不上现实。初中时，那帮毫不关心电影的人给我取了"两小无猜"这个绰号，其实我非常不甘心，甚至整夜整夜地睡不着。进入高中后，龙认认真真地看完了电影，还说他很喜欢，当时的感动我直到现在都记忆犹新，甚至有忍不住流泪的冲动。

电影在我眼中就是这种东西，而书本对立花前辈来说应该也一样。至于拓史，动画和插画便是他心灵的栖息地。

难道我们没有资格说，这些东西比活在学校、活在现实的青春更加崇高吗？

"或许是我太深入核心了。"

三根前辈拿起录音笔，凝视着远处说。在关着门的美术室里，依旧能听到新闻部忙碌的声音。

"我在取材过程中不小心曝光了立花亚麻里的真面目。可惜的是，那篇文章最后被撤掉了。是立花故意把事情闹大，跑到老师那里去请他们撤下那篇文章的。当然，我也据理力争，认为自己有报道和发表的自由，只可惜老师不同意。"

"那当然了，白痴。"

传来一个平静的声音。三根前辈抬起了原本低垂的头。声音来自一直保持沉默的拓史，他的脸上没有一丝血色，嘴唇在颤抖。

"报道和发表的自由?那只是基于你的主观臆断,为了八卦而八卦。什么核心,什么真面目,太恶心人了,你那么做与跟踪狂有什么区别?"

"我觉得你长得更像跟踪狂吧。"三根前辈笑了。

接着他转过头,轻蔑地对我说:"你带来的人真没礼貌。本来应该是篇独家大新闻,大家不是都想知道眼前这个'名人'实际是个什么样子吗?"

"我一点都不想知道,她的真实样貌怎样与我无关。"龙斩钉截铁地说。

我转过头,发现他一脸凶煞。

我突然想起来,龙之前说过好几次,说自己不喜欢偷偷摸摸地四处打探别人的事情。可能是出于自身的经历吧,那么多人不厌其烦地劝他加入社团,还有追着他想加入电影同好会的女孩子,他其实很厌烦吧。他不知该如何处理,躲也躲不开。

"不管怎样,立花前辈就是立花前辈,三根前辈你的所作所为,根本不能称为新闻精神。你只是夺走了一个女孩子的立足之地,还把她逼哭了而已。"

"退出演剧部是立花亚麻里的个人决定,与我毫无关系。我也是受害者啊。自费到那么远的地方去取材,辛辛苦苦跑一趟,到头来却是竹篮打水一场空。她竟然跑去找老师,在报道刊登前横加阻拦,那就是滥用职权、动用暴力。说是压迫都一点不为过!"

"前辈!"

我终于忍无可忍，大喊了一声，脖子上马上起了一片鸡皮疙瘩。这个人肯定无法理解吧，尽管如此，我还是忍不住要说。

"立花前辈当时只能那样做。她只能去拜托老师阻止你，因为她不想让任何人知道那些事情。"

立花前辈在那段时间退出了社团，并开始疏远朋友。

——你此前并没有表演经验，突然要在舞台上发出洪亮的声音、彻底融入角色，心里会不会感到害羞呢？

我脑中又回响起那句话。

当然会害羞了，可尽管如此，立花前辈还是想尝试。她一定认为，新环境存在新的可能性，并鼓起勇气赌上了一切。

我高一那年看到的《呼啸山庄》，凯瑟琳声音洪亮，大大方方。若没有扎实的发声技巧，不可能完成那样的表演。立花前辈在高一那一年时间里拼命努力，把自己锻炼成一个优秀的演员。

然而就在此时，有人跳出来，问她"会不会害羞"，分析她的内心，让她好不容易建立起来的东西轻易地崩溃了。或许正因为她曾经那么拼命，才会无法忍受他人的嘲讽。

"前辈，你今天为什么要告诉我们这些？为什么不仅说出来，还把录音文件也带来？"

"不是你们想知道嘛。"

"我很感谢前辈把这些事告诉我们。可是……"

你这样不是存心报复吗？我感觉越来越恶心了。

"自己写的文章被撤，还遭到老师的警告，前辈是为了撒气，才把立花前辈的过去透露给我们的,是吗?"

三根前辈一言不发。

在他看来,这可能只是微小的恶意罢了。但我开始后悔向他打听了。因为知道了这些事后,我心里好像多了一摊沉重的淤泥,并蔓延开来。

原来立花前辈一直以自己为耻,甚至嫌弃自己。

加入演剧部,登上舞台,引人注目,讴歌青春。在她做这些事时,总有三根前辈那样的眼睛在暗处观察,对她说"我知道你的过去"。

所以,立花前辈终究没能把这所学校变成自己的学校。演剧、朋友,所有争取来的东西她都原样奉还,然后变回了初中的那个"图书室女孩"。

海野老师说,她不仅是放学后,连午休都坐在图书室里。或许连午饭都是在那里吃的。假设现在的立花前辈是因为在教室里找不到归属感……

三根前辈是否知道自己的所作所为导致了什么后果?他的存在就是对立花前辈的威胁。

"还有,三根前辈,你刚才说我长得像跟踪狂,让我觉得你很恶心。"拓史说,"故意选报纸刊发前这一天叫我们来,是为了炫耀自己的忙碌吧,很做作不是吗?你想让我们看到你的社团活动十分充实,你是个大忙人。恶心。真的太恶心了。"

"你——"三根前辈瞪大眼睛,脸上泛起了红晕。

"我不会放弃的。"

坚定的宣言从我嘴里跑了出来。说这话时,我再次深刻体会到心中难以消弭的愤怒。啊,是的,我无法原谅这个人。

"我绝对会请立花前辈出演我们的电影的,请你等着瞧吧。"

"小心我把你们也写到报纸上。"

"随便。你准备写什么?"

龙皱起眉,一脸厌烦。这种表情出现在眉眼端正的龙的脸上,有种莫名的压迫感。

"你会写,我们也会闹,说新闻部捏造毫无事实依据的虚假报道。有很多同学被你们那个匿名栏目曝光,然后被身边的人指指点点,到时候这些人肯定会站出来的。真是太让人期待了。"

离开新闻部,回到属于电影同好会的技术室,这途中我们都没说话。三个人全都死死地盯着脚下的路,默默地走着。

回到技术室,我感觉终于能够呼吸了。

"你们说,"最先说话的是拓史,"宝石匠的故事,是不是跟立花前辈的境遇有点像?"

"有点像?"

"是否要抛下家人朋友和自己拥有的一切,去换取世间最美的宝石?"

"啊。"

虽说仔细想想也不太一样,但我感觉故事的内核确实相似。

记得我说出那句"前辈真的很喜欢看书呢"时，立花前辈的回答是"对啊"。然后她还说"我最喜欢看书了"，或许立花前辈把什么感情寄托在书的世界里了。

那本也许不存在的，"虚无的书"。

前辈其实想知道宝石匠会如何选择。

就在此时——

"不如画出来……"我的脑海中突然冒出了一个想法，"不如，把那个故事画出来。怎么样？我们自己画。"

其实把话说完，我才后知后觉地参透了自己的主意。我被这个主意吓了一跳，龙也惊呼一声呆住了。不过紧接着，他中气十足地大喊："啊——对呀！一平，太棒了！没错，为什么我们之前没想到呢？如果这世上没有宝石匠的故事，那我们可以自己画出来呀。由我们构思结局，画出来。"

我们只需稍微交换眼神，就知道彼此想法一致。心意已决，这次是三个人都上心了。

"开工吧。"

我话音刚落，其余两个人都用力地点了一下头。

7

拓史负责画，我负责文字，心灵手巧的龙负责制成书册。故事结局由我们一块儿想出来。

"我觉得那种肤浅的大团圆结局不行。"

这是我的建议。是这将近一个月一直跟立花前辈接触后产生的直觉。立花前辈想要的不是那种敷衍的、走过场似的东西。

是抛下一切，制作世间最美的宝石？

还是安守现在的生活，放弃宝石制作？

前辈是否愿意参演我们的电影，全都取决于这个结局。

我们暂时没有讨论出结果，只能把各自负责的内容像作业一样带回家。吃过晚饭，我在自己的房间里左思右想。深夜时，听见老爸回来了。

"我回来啦。"父亲大喊一声。

我继续待在房间里，没有回应。没过多久，我听见妈妈好像在给老爸热晚饭的声音，接着就是万年不变的体育新闻。

临近午夜时,我感受到家中的气氛发生了变化。走廊上传来老爸讲电话的声音,电视机则被静音了。

"什么!"他吃惊地大喊一声。

我再也按捺不住,打开门来站在走廊上。老爸正对电话另一头的人说:"知道了。我马上过去。"

他用肩膀夹着手机,一边继续说着话,一边穿上刚脱下不久的西装外套。我走到起居室看了一眼挂钟,已经过十二点了,难道他还准备到公司去吗?

老爸挂掉电话,对我们说了句"抱歉"。

"公司突然有急事,今晚可能要通宵,一平跟妈妈先睡吧。"

"这么突然,出什么事了?"

老爸看着一脸困惑的妈妈,目光异常认真,像是有格外重要的事情。

"好像发现了白霉菌导致的新种哮喘病例。这次或许能用上我们一直在研究的药。"

妈妈露出惊讶的神情,大张着嘴,愣愣地看着老爸。

不知为何,老爸脸上是一副快要哭出来的表情。或许是我看错了,也有可能是幻觉,但那个表情确实从我眼前一闪而过。

"可能正好赶上了。"老爸说。

我完全听不懂他们的对话,妈妈却一言不发地点了点头,随后说着"路上小心",把老爸送出了门。

匆忙往门外走的老爸突然回过头,对我说:"一平,大晚上的,吵到你了吧，真不好意思。"

我都是高中生了，他没必要因为这种事道歉。他又像我小时候那样伸出手想摸我的头，我慌忙躲开了。这种举动太丢人，还是算了吧。

我这么一躲，老爸有点失落地笑了笑。随后他低声说了句："我走了。"便转身出了门。我看见他把手机塞进公文包，手机上挂着的像微型手电筒一样的钥匙扣摇晃了几下，从我很小的时候老爸就挂着这个钥匙扣，可能因为挂了几十年，钥匙扣表面的金属早已磨损，颜色也有点发黄了。此前我曾问他为啥不换掉，他苦笑着摇头说："没有找到能代替的。"

"爸爸在研究哮喘药吗？"

老爸走后，我问了一句。

妈妈"嗯"了一声，看着我说："对呀，他从几年前就在研究那种药了。今后可能会有很多孩子能被爸爸的药治好哦。"

"哦。"

"而且，他跟过去的朋友约好了，一定要研制出那种药来。"

妈妈的双眼好像有点湿润。我吓了一跳。她慌忙说了句"抱歉"，抬手擦拭眼角。

8

宝石匠的绘本做好了,还是能看出跟正规书籍有很多不一样的地方。尽管我们把条形码、价格、出版社这些都像模像样地做了出来,但插画和文字都是直接手写在纸上的。

不过,就算做再多蹩脚的加工,总会在什么地方露出破绽,绝不可能完全糊弄过去。既然如此,我们干脆从一开始就放弃隐瞒这本书是我们自己手工制作的事实了。

书名定为《世间最美的宝石》。

封面由拓史负责,只有书名文字,没有插画。

"我们找到了。"

我说着,走向坐在窗边的立花前辈,并拿出那本书。

今天龙和拓史也一起来了。

立花前辈难以置信地凝视着绘本。然后小心翼翼地伸出手,把书接了过去。

我想,从手感和外观上很快就能看出这是一本手工制作的书了吧。只见她突然抬起头,轮番看着我们三个人。不过她一直抿着嘴唇，一言不发。我们也保持着沉默。

过了一会儿，前辈问我："能打开看看吗？"她的声音有点僵，似乎心存戒备。

"请。"

"谢谢。"

我们安静地离开了。我希望她能以放松的心情，无须在意旁人，好好读那本书。不过一想到前辈看完我们准备的结局不知会做何感想，我就感觉自己仿佛全身都变成了心脏，在激烈地跳动着。

我们是否给出了正确的答案，这谁也不知道。

宝石匠实在太想看到世间最美的宝石了，于是他牺牲了自己所拥有的一切，换来制作宝石的才华。

他失去了家人、朋友，失去了生活中的所有，孤独地埋头打造宝石。最后，他做出来的宝石光芒四射，让许多人为它的美丽而沉醉。他也因此得到了金钱和名誉。

可是，宝石匠看着被誉为"世间最美"的宝石，却怎么都无法感受到它的美。他觉得自己以前制作的宝石要比这个美上许多倍，便开始诅咒给予自己力量的巫师。可除了他自己，所有人都把匠人做的宝石盛赞为"世间最美"，并幸福地将其戴在身上。

宝石匠这时才意识到，自己放弃的一切，换来的其实是其他人的笑容。

绘本到这里便结束了。

我们几个拼命思考造物的真谛究竟是什么，想得都快发疯了，最终得出的便是这个结论。

绘本制作渐入佳境时，好几天没回家的老爸终于回家了。

那天晚上他说的那种新型哮喘，一转眼成为全国性发作病例，成了一个挺大的新闻。与此同时，新闻还报道了老爸他们公司准备的新药，说在早期发现的情况下，使用这种药物的效果非常显著。

"要是你们的药不起作用，可怎么办？"

老爸筋疲力尽地瘫坐在起居室的沙发上，我在旁边问了一句。我在想，若发现自己拼命努力的结果竟是失败，他会如何处理那种空虚的心情呢。

父亲却十分自然地回答道："这个嘛……如果发生那种情况，我就会期待别人吸取我失败的教训，制作出有效的新药来。这么一来，我的努力就没有白费。"

说完，半闭着眼睛休息的老爸突然问了我一句："我听说你们电影部在拍电影？"可能是听妈妈说的吧。

我猛地挺直身子，僵硬地回答了一声："嗯。"其实我们现在还只是同好会，没有升为"部"，也不知道电影究竟能不能拍得成——这些我都没说。

"加油干啊。"老爸拍了拍我的后背。

我见他一副快要睡着的样子，手上的力量却大得令人吃惊。再定睛一看，老爸已经彻底闭上眼睛，开始打呼噜了。这个人就是如此单纯。我拿来毛毯给老爸盖上，并对着他的睡脸嘟囔了一句"辛苦了"。

造物这一行为是否徒劳，是由个人说了算的。怎样算是徒劳，每个人的判断标准是不一样的。

前辈想怎么解读我们设计的绘本结局都没关系，因为从那个结局中能看到什么，每一个读到的人肯定都不一样。

"我把书看完了。"这个声音让我猛地回过神来。

我们一直带着等候考试结果的心情坐在图书室一角，这时纷纷抬起头来，只见立花前辈就站在面前。

她抿着嘴，看起来像在生气，又像在忍耐着什么。

与她目光相接的瞬间，我发现她的眼睛红红的。

"怎么样？"

只有龙敢直接询问她的感想，我和拓史都静悄悄地看着前辈的表情。前辈哼了一声，转过头。我们以为她生气了，慌忙站起来准备赔不是，却发现前辈脸上滑落了一颗泪珠。那颗泪反射着朝霞般的阳光。

——啊，刚才那个镜头真不错。

我不由自主地想。

我从没在电影里见过如此美丽的泪水。我万分想成为拍下这一幕的第一人。

"我同意参演你们的电影。"前辈的声音细若蚊鸣,不注意听恐怕就会听漏。

不过,那个声音已经真真切切地传到了我们的耳朵里。

9

电影刚开始拍摄不久,图书管理员海野老师把我们叫到了一旁。当时我们正在图书室找适合的背景,立花前辈不在。

"你们在找的那本书,我找到了哦。"

我们一时间没能理解老师说的话,但在看到老师手上那本书的书名时,马上醒悟了过来。

《匠人和世间最美的宝石》。

龙和拓史也都吃了一惊。那本书的封面上画着一颗美丽的宝石,旁边站着个戴着帽子、貌似匠人的小矮人。风格跟拓史画的毫无相似之处。

"我请朋友帮忙一起找。那个朋友也很喜欢看书,我们是在图书室里认识的。听我说有几个学生正在找书,她就说要帮忙。"

海野老师笑了起来。

我不知道她究竟了解多少内情,是不是一直在观察我们,总之她一脸早已看穿的表情,摇了摇头。

"不过,你们可能已经不需要了吧。"

"这是在哪里找到的？"

"据说这是作者自费出版的书。作者把书捐给了附近的几所图书馆，因此没有广泛流通，自然也就没什么人知道了。"

虽说是自费出版，拿在手上一掂量，光重量就比我们做的那本重了好几倍。无论是书脊、封面还是内文纸张，都要厚实不少。

"原来真有这本书。是谁说不存在来着？"

龙小声说完，拓史不高兴地噘起了嘴。

"干吗还在意这个啊，反正现在看起来结果是好的嘛。对了，里面写的内容是什么？跟我们做的那本相比，哪个更好？"

拓史和龙不约而同地伸出手想把书夺走，我也就顺势让那二人拿过去了。老实说，我对真正的结局早已不感兴趣。

我想起了那天的对话。"你真的很喜欢看书呢。""我最喜欢看书了。"她的表情不带一丝虚假。

我抬头望向图书室的天花板，很想大叫一声"快哉"。

其实我们没必要专门跑来找景，若想在图书室拍前辈，地方只有一个。

"图书室女孩"的窗边特等座。如果可能的话，我很想拍出第一次在这里见到前辈时的画面。

当时是五月，但已换上夏季制服。此时沐浴在七月的和风与阳光中，立花前辈看起来更漂亮了。我再次感慨，她果然适合被拍进电影和写真，是得到胶片眷顾的女神啊。

我喊了一声"咔",按停从放映部借来的摄像机,对前辈说了一声"谢谢"。双脚却因兴奋而不住地颤抖。

"这样我们就离梦想更近一步了。明年的新生看到前辈们制作的电影,想来加入的话,电影同好会就能变成真正的社团了。那样一来——"

"啊,电影部还不是社团吗?"

前辈歪过头问。

我很不好意思地"嗯"了一声。

"因为正式社团必须有至少四名成员,另外我们也缺个顾问老师。"

"我们有四个人啊。一平君、龙君、拓史君,还有我。"

立花前辈若无其事的一句话说得我们三个人都愣住了。前辈又说了一句:"我可是认为自己已经入部了呢。"

我们更加惊诧了。

"顾问的话,不如找海野老师问问?怎么样啊,老师?"

海野老师听到叫她的声音,便转过头来,一脸无可奈何地笑着。

我的心底忽然涌出一股甜甜的感觉。那是种面对突如其来的幸福,有点不知所措的感觉。太难以置信了。

前辈露出女神般完美的笑容,转过头来看着我说:"电影部,成立啦。"

学校究竟是谁的，我的内心深处响起提问的声音。

我感觉，今天，我可以毫无罪恶感地这样回答。

学校，是我们大家的。

《SAKURA SAKU》
© Mizuki Tsujimura 2012,2014
All rights reserved.
Original Japanese edition published by Kobunsha Co., Ltd.
Publishing rights for Simplified Chinese character arrangement with Kobunsha Co., Ltd.
through KODANSHA LTD., Tokyo and KODANSHA BEIJING CULTURE LTD.
Beijing, China.
Simplified Chinese translation copyright © 2018 by New Star Press Co.,Ltd.
著作版权合同登记号：01-2018-5074

图书在版编目（CIP）数据

樱花盛放／（日）辻村深月著；吕灵芝译.——北京：新星出版社，2018.8
ISBN 978-7-5133-3078-7

Ⅰ.①樱… Ⅱ.①辻… ②吕… Ⅲ.①长篇小说-日本-现代 Ⅳ.①I313.45

中国版本图书馆CIP数据核字（2018）第108968号

午夜文库
谢刚 主持

樱花盛放
（日）辻村深月 著；吕灵芝 译

责任编辑：王　欢
特约编辑：赵笑笑
责任校对：刘　义
责任印制：李珊珊
封面设计：冷暖儿
封面绘图：猫　一

出版发行　新星出版社
出 版 人　马汝军
社　　址　北京市西城区车公庄大街丙3号楼　100044
网　　址　www.newstarpress.com
电　　话　010-88310888
传　　真　010-65270449
法律顾问　北京市岳成律师事务所

读者服务　010-88310811　　service@newstarpress.com
邮购地址　北京市西城区车公庄大街丙3号楼　　100044

印　　刷　三河市文通印刷包装有限公司
开　　本　910mm×1230mm　　1/32
印　　张　7
字　　数　83千字
版　　次　2018年8月第一版　2018年8月第一次印刷
书　　号　ISBN 978-7-5133-3078-7
定　　价　36.00元

版权专有，侵权必究．如有质量问题，请与印刷厂联系调换．